KB028431

무빙 세일

무빙 세일

나이키의 마케팅 디렉터로 잘 나가던 그녀, 왜 삶을 리셋하기로 결심했을까?

2019년 9월 5일 초판 1쇄 발행. 2019년 9월 30일 초판 2쇄 발행. 황은정이 지었으며, 도서출판 샨티에서 박정은이 펴냅니다. 편집은 이홍용이, 표지 및 본문 디자인은 김경아가 하였으며, 마케팅은 강인호가 합니다. 인쇄 및 제본은 상지사에서 하였습니다. 출판사 등록일 및 등록번호는 2003. 2. 11. 제25100-2017-000092호이고, 주소는 서울시 은평구 은평로 3길 34-2, 전화는 (02) 3143-6360, 팩스는 (02) 6455-6367, 이메일은 shantibooks@naver.com입니다. 이 책의 ISBN은 979-11-88244-42-3 03800이고, 정가는 15,000원입니다.

이 도서의 국립중앙도서관 출판시도서목록(CIP)은 eCIP홈페이지(http://www.nl.go.kr/ecip)와 국가자료공동목록시스템(http://www.nl.go.kr/kolisnet)에서 이용하실 수 있습니다.(CIP제어번호 : CIP2019033087)

무빙 세일

황은정 지음

【산티】

"버전 2를 시작하시겠습니까?"라는 질문 창이 떴을 때,
건너뛰기를 누르고 하던 게임을 그대로 계속할 수도 있었다.
그냥 살던 대로 살고, 하던 대로 할 수도 있었다.
내가 버전을 올려 이 수수께끼 같은 게임을 해보려는 이유는,
내 가슴속에 꿈틀대는 다른 가능성을 열어보지도 못하고
이 생을 끝내게 될까봐 두려웠기 때문이다.……

나는 내가 가진 씨앗 중의 일부를 꽃피워 보았지만,
나머지 부분들을 마저 키워보고 싶다.
나를 이해하고 구석구석 탐험하면서
나의 전체로서 살아보고 싶다.

무빙 세일에 초대합니다

이 글은 갑작스럽게 삶의 '밖'으로 튕겨나갔다가 다시 돌아오게 된 한 사람, 바로 나의 이야기이다. 원인도 알 수 없는 치명적인 오작동에 걸리게 된 나는 결국 '나'라는 스위치를 스스로 한 번 껐다가 켜는 경험을 하게 된다. 컴퓨터처럼 자기 자신을 리셋하는 예기치 못한 과정에서, 나는 신비한 사건과 경험에 휩싸이고, 새로운 발견과 시선을 얻고, 그 결과로 인생에 대해 이제까지와는 다른 결심을 하게 되었다.

내게 일어났던, 설명조차 어려운 사건과 변화를 겪으면서 나는 결과적으로 훨씬 만족하는 사람이 되었다. 신기하게도 나는 조금씩 진짜가 되는 기분을 느끼고, 매일 조금씩 더 자유로워지고 평온해졌다. 다른 사람들과 이 경험을 나누어야겠다고 생각한 이유이다.

삶을 껐다가 다시 켜는 과정에서 가장 먼저 한 일은 나를 완전히 비워내는 일이었다. 원인 모를 오류로 무겁고 갑갑해진 내 머리를 셧다운하고는 안에 든 것을 싹 지우고 새로 포맷하려 했다.

"무엇을 버릴 것인가? 어떤 것을 남길 것인가?"는 나에게 커다란 철학적 질문이 되어버렸다. 나는 혼잣말을 중얼거리고 스스로에게 묻고 다시 답하기를 수없이 반복했다. '진짜 질문'을 물어야 했다. 아주 예리하고 도저히 빠져나갈 수 없는 질문이어야 했다. 그러고는 나는 그 질문 앞에 정직하게 서서, 좋은 대답이나 정답이 아닌 진짜 내 마음과 내면의 진실을 드러내어야 했다.

이렇게 나는 나와 내가 살아온 삶에 대해 완전히 새로운 진실을 알아나갔다. 그리고 내 가슴 깊은 곳으로부터 전해지는 소망과 요구의 울림을 듣게 되었다. 그것들은 인생이라는 여정을 통해 표현되고 꽃피워지기를 오랫동안 기다려왔고, 이제까지 써오던 페이지는 이쯤에서 정리하고 이제는 인생의 새로운 챕터를 써보라고 말하는 듯했다.

내게 벌어지고 있는 내면의 전환이 여전히 믿기지 않고 두려우면서도 한편으로는 마음이 설렜다.

그리고 선택했다. 익숙해진 일상과 라이프 스타일을 접고 새로운 곳으로 떠나보기로.

새로운 삶을 향해 떠나는 사람들이 그러는 것처럼, 나도 내가 소유하던 것들을 꺼내놓고 필요한 사람들에게 나눠주고 싶다고 생각했다. 가구나 옷, 신발과 같은, 손에 잡히는 물건 대신, 삶의 교훈과 생각, 놓치지 말았으면 하는 당부와 현명한 팁들, 그리고 이 세상에 하나밖에 없는 유일무이한 존재인 내가 겪은, 다른 어디에도 또 없는 경험담과 세상 이야기들을 말이다.

내가 잠시 미국에 있었을 때 그곳 사람들은 새로운 곳으로 이사 가기 전에 친구나 동네 사람들을 대상으로 무빙 세일을 하곤 했는데, 참 괜찮은 아이디어라고 생각했었다. 그래서 나도 나만의 방식대로 무빙 세일을 기획하고 준비했다. 내가 가진 제일 괜찮은 것들만 이 책에 담아 내어놓는다. 하나씩 꼼꼼히 살펴가면서 오래 덮어둔 커버도 벗기고, 말끔하게 다시 닦고 반짝반짝 광택도 내어 새로운 주인을 만날 준비를 마쳤다. 내 앞에 선 당신에게 "이거, 제가 진짜 아끼던 거예요" 하고 직접 말도 걸고, "이건 미국 포틀랜드에서

구한 것인데 다른 데서 아마 못 보셨을 거예요, 그리고 앞에 보이는 그 아이템은 진짜 귀하고 비싼 것인데, 제 새 집은 작아서 들어갈 공간이 없어요" 같은 안내를 하는 상상도 해본다.

당신에게 요긴한 것이 있다면 꼭 가져가길 바란다. 혹시 오래 찾고 있었던 것을 여기서 발견했다면 나는 더없이 기쁠 것이다.

✦ ✦ ✦

다음은 이 무빙 세일을 즐기기 위한 간단한 안내이다. 우선, 아래와 같이 각 아이템들을 주제와 필요별로 분류하여 이곳에 마련된 것들을 사람들이 쉽고 편하게 찾을 수 있도록 했다. 그리고 무빙 세일 박스 곳곳에 질문들이 들어 있다. 잠시 멈추어서 당신만의 대답을 내어보면 좋겠다. 우리의 답이 서로 어떻게 다를지 궁금하다. 그리고 이곳에서 얻은 것들이 언젠가 당신에게 쓰임이 다하게 되면 필요한 사람에게 그것을 다시 나누면 좋겠다.

맨 앞에 있는 박스는 당신과 나의 내면에 고정되어 버린 생각과 관념에 대한 이야기이다. "그래야 한다"는, 세상의 무수한 목소리에 대한 성찰이다. 우리 속에 많은 프레임과 규범, 가치관과 신념 등은 사실 우리를 지키기보다는 한계를 짓고 구속한다. 곰곰이 따져보면 우리 머릿속 대부분의 것들은 우리 자신의 생각도 아니다. 짊어진 기대와 의무로 삶이 버거울 때 열어볼 것을 권한다.

두 번째 박스는 일생에 걸쳐 일어나는 탐색에 대한 이야기이다. 알 것도 모를 것도 같은 '나'라는 미스터리를 풀어가는 과정과, 그때 발견하게 되는 자기 가능성에 대한 이야기이다. 우리는 우리 자신의 가능성에 대해 얼마나 알고 있을까? 얼마나 탐색해 보았고, 언제 그 탐색 노력마저 멈추었을까? 인생에 새로운 도전이 필요하다고 느낀다면 이 박스를 챙기는 것이 좋겠다.

무빙 세일 세 번째 박스의 이름은 '당신을 위하는 좋은 선택'이다. 이미 제목부터가 꼭 챙겨야 할 것 같은 포스다. 우리는 매순간 선택 앞에 놓인다. 그리고 그것이 선택이라는 사실도 인지하지 못한 채 무수한 선택 기회들을 흘려보낸다. 선택들이 쌓이면 인생이라는 모양을 갖추고 한 개인의 역사가 된다. 스스로가 원하는 인생을 만들기 위한 선택이란 무엇이며, 우리는 언제 선택하고 어떻게 그것을 알아차리는지, 그 단서와 계기들을 담았다.

마지막 박스는 내가 뒤로 물러났을 때 비로소 눈에 들어온 삶의 모습들이다. 그 한가운데 있을 때에는 보이지 않던 것들이다. 우리가 가슴 설레며 기다리는 모든 여행처럼 인생이라는 여행 역시 끝이 있다. 여행의 유한성을 자각하고 남겨진 시간을 인식할 때 우리의 여행은 변하고, 삶의 우선순위는 바뀐다. 내가 무엇을 원하는지 알 수 없거나, 일상은 꽉 차 있지만 내면이 공허하다고 느낀다면, 여행의 마지막 날을 상상해 보면 어떨까? 우리가 오늘을 사는 방식은 어떻게 달라질까?

당신의 삶의 여행에 행운이 함께하기를, 부디 걱정을 내려놓고 여행을 즐기기를, 무한히 자유롭기를 마음속 깊이 빈다.

인트로

나는 결국 모험을
떠나 보기로 했다.
여태껏 생존과
생계에 대한 지식과
기술을 익히는 데
시간을 쏟았다면,
현재는 삶을
'지는 live 기술들을
익히는 중이다.

일어나야 할 일은 기어코 일어난다

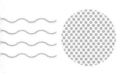

칼 융Carl Gustav Jung은 이렇게 말했다.

"우리는 인생의 오후를 아침 프로그램으로 살 수 없다.

왜냐하면 아침에 위대했던 것들이 밤에는 보잘것없어지고,

아침에 진실이었던 것이 밤에는 거짓이 되기 때문이다."

우리는 모든 것을 처음부터 있던 그대로 유지한 채로

인생이라는 모험을 상대할 수 없다.

의심 없이 아무것도 다시 살피지 않고

기억조차 희미해진 과거의 가치와 취향과 선택을

지금도 그러하고 언제나 그러할 것이라고

게으른 믿음을 안은 채로 살아갈 수 없다.

어제의 어린아이가 사라져야만, 이곳에 오늘 청년이 선다.

성장이라는 이름을 가진 인간의 대전환은

내 속의 프로그램들이 바뀔 때 가능하다.

때로는 어제 위대하고 진실했던 것들을 모두

버려야 할지도 모른다.

때로는 삶조차도 다시 껐다 켜야 한다.

꽤 오래 다니던 회사를 퇴사한 지 22개월째다. 남아 있던 휴가와 안식월 등을 쓰느라 사무실에 나가지 않은 날까지 합치면 조금 더 길어진다. 이러다 죽겠네, 내가 왜 이런 거지 하던 시간까지 생각한다면 거기에 또 조금 보태야 한다. 나는 2002년 월드컵 해에 나이키에 입사해서 정확히 15년을 근무하였고, 바로 그해의 10월에 오래 사용하던 임원용 차량을 회사 건물 지하에 주차하고는 그곳을 떠났다.

멈추어야 해서, 모든 것이 싫고 그저 괴롭기만 해서, 눈 감고 저

절로도 해내던 일상적 일마저 버거워지는 상황이 되어서, 다 내려
놓고 걸어 나와야 했다. 거창하거나 고결한 이유가 있는 것은 아
니었다.

회사를 다니는 많은 사람들처럼 나도 내가 가진 에너지를 다 일
에다 쏟아 넣고 미래의 에너지까지 마이너스 통장마냥 꺼내 쓰면
서 살아왔다. 임원이 되고 높아진 책임과 무게에 나 자신을 더 빠
르게 소모시키다가 드디어 한계에 닿았을 수도 있다.

그저 끝낼 때가 되어서였을지도 모른다. 모든 신호가 완벽했다.
재미가 없어지고, 업무의 결과가 신통치 않고, 내가 일을 진행하는
과정과 방식이 먹히지 않는다고 느꼈다. 어느 순간부터 내 주위는
나와 아주 다른 의견과 가치, 방식을 가진 사람들로 가득했고, 나
는 사방이 꽉 막힌 좁은 벽들에 갇힌 것 같았다.

마음이 진작 이런 변화를 알아차리고 솔직하게 받아들였어야
하는데 그러지 못했다. 결국 몸에서 탈이 났다.

신체에 조금씩 오던 신호를 진작부터 알고 있었지만 '조금만 더'
'이것까지만 하고' '이번 프로젝트만 넘기고' 등등으로 나의 깊은 요
구들을 그냥 누르고 미루면서 오래 지냈다. 이명과 어지럼증, 가슴
두근거림처럼 마음과 가장 가깝게 연결된 예민한 부분부터 신체

반응이 나타났다. 그러다가 점차 몸이 보내는 신호들이 잦아지고 증세가 복잡해졌다.

마침내 수면 유도제 없이는 잠을 자지 못하고 새벽에 우두커니 깨어 앉아 깊은 우울감에 눈물이 철철 나는 시간이 왔다. 약을 먹지 않은 날이면 내 머릿속은 부산스럽게 뛰어다니는 '생각 쥐새끼'들 차지가 되었다. 이것들은 내 머리 한쪽 편에 긴 호스를 갖다 대고는 거기로 온갖 생각 찌꺼기들을 밤새 퍼다 날랐다.

이윽고 날이 밝아 사무실에 들어가 앉으면 오랫동안 해오던 업무들이 식은땀이 날 만큼 어렵고 복잡하게 느껴졌다. 단순한 일처리에도 시간이 몇 배나 걸렸다. 살면서 그 전에는 한 번도 겪어본 적이 없는 극도의 피로감에 시달렸다. 도살장에 끌려가는 소가 된 것 같다고 느끼면서 온 힘을 다해 뻗대고 저항하고 정체를 모르는 두려움에 벌벌 떨며 사는 하루하루가 이어졌다.

내가 살고 있는 시간과 일상이 납덩이처럼 무겁게 느껴졌는데, 이 모든 것을 당장 내려놓고 아무것도 없는 '무'의 세계로 들어가 버리고 싶었다. 그래서 결국 그렇게 했다.

그 전에도 위기가 없었던 것은 아니지만, 과거와 달리 이번에는 견디면서 기다리지 못했다. 아니, 그러지 않았다. 사람들은 고통보다 더 크고 중요한 목표나 가치가 있을 때 기꺼이 그것에 맞서보려고 한다. 내가 원하는 것이 더 클 때 우리는 기꺼이 그럴 수 있다. 운이 좋게도 나는 이 회사에 있는 동안 많은 것을 경험하고 얻었다. 내가 가진 능력이나 스스로의 기대치보다 훨씬 큰 인정도 받았다. 견뎌내야 할 이 무시무시한 고통의 크기보다 더 큰 무엇을 나는 더 이상 찾지 못했다.

시간이 갖는 무게가 어떤 것인지 처음 알게 되었다. 15년이라는 시간의 중량감이 묵직하게 느껴졌다. 어느 순간 '이 정도면 충분하다'는 생각이 떠올랐다.

잘 다니던 회사를 '아깝게'(사람들은 이 단어를 빼먹는 법이 없다) 왜 때려치웠는지에 대한 나름의 설명이다. 당신도 이미 많이 들어보았을, 우리 같은 회사 인간들에게 어느덧 익숙해져버린 그런 이야기다.

스톱을 외치고 나는 나를 살려내는
데만 집중했다. 나는 일단 철저한 쉬기에 들어갔다. 얼마나 쉴 건
지, 어떻게 뭘 하면서 쉴 건지 같은 계획은 하지 않았다. 평소에 계
획이라는 것을 너무 많이 했기에, '계획'이라는 단어만 들어도 신
물이 났다.

심리 상담도 받고, 요가와 명상을 다시 시작하고, 그리고 아주
잘 먹었다. 일상을 최대한 단순하고 느리게 만들고 인간 관계를 비
롯해 생활의 번잡스러운 것들은 걷어내었다. 생각이라는 것을 불
러일으키고 마음을 복잡하게 만드는 모든 것들을 거부했다. 무엇

이 되었건 내 속에는 더 들어갈 공간이 없었다. 살기 위해서는 어떻게든 비워내야 했다. 그래야 숨도 쉬고 다시 잠도 잘 수 있을 것 같았다.

그러다가 결국 내 머리의 스위치를 꺼버렸다. 우선 쥐새끼들을 몰아내야 했다. 그렇게 몇 개월이 지나자 먹잇감을 찾지 못한 쥐새끼들이 조금씩 사라지기 시작했다.

스위치를 *끄고*(전구를 바꿀 때도 전원부터 끄는 법이다) 당장 내 머리부터 열어보기로 했다. 내 머리는 언젠가부터 분명 이상해졌다. 정확히는 몰라도 최근 내가 겪은 모든 고통, 불안증, 무기력과 불면은 분명 이것과 연관이 있을 것이다.

밖으로 일단 죄다 *끄집어내어* 머릿속을 싹 비우고는 정말 필요한 것만 정리해서 다시 넣고 싶었다. 내 머릿속에는 얼마나 나쁘고 위험한 것들이 숨겨져 있을지 두려웠다. 그래서 무엇이 나오든지 놀라지 않겠다고, 혹시 당황스럽더라도 피하지 않고 있는 그대로를 보겠다고 단단히 마음을 먹었다.

내 머릿속은 딱 넘치기 직전의 쓰레기통 꼴이었다. 세상에서 주워 담은 온갖 정보와 이야기들, 해야 할 일들과 지켜야 할 것들, 해서는 안 되는 금기들, 규범과 가치, 걱정 근심, 최악의 인생 시나리오들로 가득 차 있었다. 그것들이 얼마나 오래된 것들인지, 지금도 과연 쓸 수 있는 유효한 것들인지 도저히 분간이 되지 않았다.

어떤 사람들은 한번 수중에 들어온 물건들을 버리지 못해 그것들을 이고 산다던데, 나는 눈에 보이지 않는 온갖 것들을 머릿속에 계속 쌓아두었나 보다. 집만 무겁고 복잡해지는 것이 아니라, 사람의 내면도 제대로 버리고 정리하지 않으면 그냥 쓰레기 집하장이 되는 것 같았다. 그러니 밤마다 생각 쥐새끼들이 머릿속에서 자기 세상인 양 파티를 해대고, 결국 나는 꼬리를 무는 이 '생각'들에 주도권을 잃게 된 것이다.

나는 이제 살기 위해서, 그리고 제대로 숨쉬기 위해서 비워내야 했다. 안 쓰고 오래된 것들을 버리며 집 안 대청소를 하듯, 나에게 필요 없고 도움도 안 되는 낡고 거추장스런 머릿속 짐들을 하나씩 버려나갔다.

생각 비우기 과정은 완전히 새로운 깨달음을 가져왔다.

- 내가 언제부터 이런 생각을 해왔지?
- 이 걱정을 내가 왜 하고 있는 거지? 진짜 불안해할 만한 일

맞아?

- 제대로 생각도 안 해본 이런 가치관에 여태 매여 살았던 거야?
- 누가 이렇게 해야 한다고 말했지?
- 이렇게 안 하면 왜 안 되는 거였을까?

열심히 살고 있다는 맹목적인 믿음에 기대어 살았다가 비로소 그 최면에서 깨어난 것 같았다. 그렇게 열심히 살고 풍족해지고 성공했으면서도, 내가 만족감을 느끼지 못한 이유를 알 것 같았다. 나는 중요한 것을 놓치고 있었다.

새로운 질문들도 떠올랐다. 무엇을 비우고, 무엇을 남길 것인지, 왜 그러한지, 나는 이제 어떤 것에 기댈 것인지 등등…… 바로 대답할 수가 없었다. 이제껏 내가 나의 생각이라는 것을 사용하지 않고, 급한 대로 머릿속 세상의 지식과 의견을 꺼내어 그것들로 오래 살아왔던 탓이다. 자기 주도 학습을 게을리 한 자들은, 도와주는 이가 없고 시스템이 사라지면 이렇게 멘붕에 빠진다.

그래서 가장 어렵고 또 중요했던 과정은, 남의 생각을 잊어버리는 것, 낡거나 유효하지 않은 생각, 도움이 되지도, 좋아하지도 않는 이야기들을 제거하는 것, 그 대신 나의 진짜 생각과 목소리를 끄집어내는 것이었다.

내면이 들끓었다. 내 속에서는 불꽃놀이 같기도 하고, 전쟁 같기
도 한 시끌벅적한 상태가 이어졌다. 하지만 물음이 다음 물음을 가
져오고, 스스로 하나하나 답을 찾아내는 과정을 통해 내 삶과 내
시선의 방향은 미묘하게 바뀌기 시작했다. 그 전의 나였다면 상상
도 못할 그런 삶의 결심들이 만들어지기 시작했다.

그 결과로 지금 이 순간 나는 회사라는 세계로 다시 들어가 아
침부터 밤까지 네모난 사무실에 갇히는 대신, 나를 내밀한 공간에
스스로 가두고 이 책을 쓰고 있다.

○
자신에게조차 사랑받지 못한 사람은
언제가 탈이 나게 마련이다

　　　　나를 버리고 다시 처음부터 정리해 넣
는 일에 속도가 붙었다. 그러기 위해 스스로에게 묻고 답해가는 과
정은 더 과감해지고 단단해졌다. 계속 떠오르는 질문들에 나는 처
음에는 무척 당황했고, 점차 익숙해지고, 조금씩 더 솔직해졌다. 이
질문들을 따라가다 보면 도대체 무엇을 만나게 될까 하는 원초적
두려움이 일었지만, 결국 나는 계속 걸어 들어갔다.

　그러던 어느 날 '나'라는 본격적인 질문 과제 앞에서 멈추어 세
워졌다. 그때 나는 처음으로 모습을 드러낸 저 깊은 곳의 나를 본

것 같다. 조용히 응시하는 이 눈은 내가 알지 못하는 곳에서 왔지만 어째 전혀 낯이 설지 않았다. 다른 한쪽 구석에는 세상이 좋아하는 모습이 되기 위해 엄하게 훈육되어 온 익숙한 내가 서 있었다.

그 두 가지 모습의 나를 동시에 인식하게 되자 나에게 어떤 영상들이 나타나기 시작했다. 신기루처럼 '화아아' 하고 떠오르던 그 신비한 영상들은 내 인생의 지나간 순간들을 다시 보여주었다. 나는 그 순간들을 또 한 번 살았고, 내가 했던 생각과 느낌을 다시 읽었고, 그러면서 나는 나를 다시 이해하게 되었다. 이전까지와는 비교가 되지 않는 수준으로. 나는 비로소 내가 누군지, 어떤 사람인지 알 것 같았다. 내 깊은 욕구와 소망이 느껴지고 개성이 드러났다. 중요한 것과 관심 없는 것, 하고 싶은 일과 하고 싶지 않은 일이 점점 또렷해졌다.

나를 새로 이해하는 낯선 체험에 몰입해 있던 중 또 한 번 신기한 일이 일어났다. 이번에는 어떤 목소리가 들렸다. 절대 놓칠 수 없는 강렬한 경험이었다. 어느 날 의식 위로 '스윽' 하고 말 한 토막이 떠올랐다.

'나는 나 자신을 사랑하지 않는다. 한 번도 그래본 적이 없다.'

그것은, 살면서 궁금해 한 기억조차도 없는 나와 나 자신의 관계에 대한 진실이었다. 아주 먼 곳에서 보내진 그 소리는 나를 관통하면서 메아리가 되었다. 멍하니 그 소리를 반복해서 들었다.

'그랬구나. 그랬었구나…… 맞아, 그랬었어.'

'나'라는 것은 주어진 이상향을 보고 따라 그린 그림과 같아서, 중요한 것은 최대한 보기에 멋지고 훌륭한 나를 그리는 일이었다. 그렇게 세상에 내세울 수 있는 그 일부분의 만들어진 모습만 허용하면서 오래 살았다. 나는 여태껏 단 한 번도 나 자신과 조건 없이 사랑하고 믿어주는 관계를 갖지 못했다.

그것을 깨닫고 그 사실을 진심으로 받아들이는 순간, 나는 깊은 슬픔을 느꼈다. 가슴 한가운데가 아파오고 후회가 파도처럼 일어났다. 무엇보다 나 자신에게 너무 미안했다. 내게 일어났던 몸과 마음의 문제는 아마 여기서 시작되지 않았을까 하는 생각이 들었다. 스스로에게조차 사랑받지 못하는 사람은 언젠가 한 번 탈이 나게 마련이다.

자전적 에세이이자 영화인 〈와일드Wild〉에서 주인공 셰릴Cheryl Strayed은 자신의 인생이 완전히 밑바닥을 쳤다고 생각했을 때 불가능할 것 같은 장거리 트레킹(퍼시픽 크레스트 트레일 종주)에 무작정 오른다. 4천 킬로미터가 넘는 위험하고 힘든 야생의 여행길에서 그녀는 고단했던 자신의 지난 삶과 절망을 떠올린다. 그 끝없는 길을 걸으며 자신의 과거와 그 생의 순간들을 다시 한 번 살게 된다. 그녀는 처음으로 날것 그대로의 자신을 본다. 그리고 그렇게 맨얼굴의 자신을 마주하면서 그녀는 조금씩 예전의 자신과 과거라는 이름의 모든 것을 받아들이고 인정하기 시작한다. 셰릴은 결국 자신을 용서하고 보듬어 안고 치유한다.

나한테도 비슷한 일이 일어난 것 같다. 나는 그녀처럼 드라마틱한 인생을 살지도 않았고, 그녀가 겪었던 것 같은 수준의 절망 아래에 놓여본 적도 없다. 다만 우리 모두 삶의 어떤 지점에서 갑자기 멈춰 세워졌고, 이제까지 맹목적으로 가던 길을 돌아 나와, 희미하게 난 먼 길을 향해 걷게 되는 상황을 맞이한 데서는 같았다.

우리 두 사람은 스스로를 정직하게 만나야 하는 숙제를 가지고 있었다. 그 숙제를 미루어오다가 각자 운명에 맞는 고통과 변곡점을 맞이하고, 그 숙제를 하지 않고는 한 발자국도 앞으로 나아갈 수 없는 상태에 이르게 된 것이다.

그녀의 독백이 구원을 이야기할 때, 나 역시 나를 제대로 바라보지 않고 나에게 한 번도 진심으로 묻지 않으며 있는 그대로의 나를 사랑하지 않은 나 자신을 용서했다. 마치 응답이라도 하듯 내 안에서 빛 하나가 켜지는 것 같았다.

안나푸르나 트레킹을 다녀온 지 얼마 되지 않았을 때 오래전 책으로 읽었던 셰릴의 이야기를 영화로 다시 만났다. 히말라야의 고원에 머물던 마음의 눈이 나도 모르는 새에 태평양을 가로질러 미국 서쪽 해안의 높은 길 위에 이르렀을 때, 내면으로부터 이 모든 것을 제대로 기록하고 싶은 소망이 솟았다. 안전과 익숙함을 좋아하는 에고는 무슨 쓸데없는 짓이냐고 계속 투덜대지만, 어찌됐든 나는 나의 내면을 표현하고자 하는 그 소망을 건져 올려 현실화시키기로 마음을 세웠다. 그리고 예전의 나처럼 스스로와 해결할 것이 많은 세상 사람들과 이것을 나누어야겠다고 생각했다.

스위치가 다시 켜진 것은 시간이 제법 지난 후였다. 한꺼번에 '띵' 하고 불이 들어온 것이 아니라, 언제부터인가 서서히 내면이 밝아진 것 같다. '휴~ 이제 살았다'는 내면의 목소리가 들리고 내 안의 균형 감각 같은 것이 느껴졌다. '우웅' 소리를 내며 삶의 시스템이 다시 작동하는 듯했다.

그런데 무엇인가 미묘하게 달라져 있었다. 다시 작동하는 내면의 시스템을 가만히 느껴보면, 예전에는 그곳에 있는지조차 알지 못했던 가슴의 스위치가 켜져 있음을 감지할 수 있었다. 머릿속에만, 그것도 늘 과열된 양상으로 불이 들어오던 그전과는 분명 달라진 점이다. 마치 나쁜 바이러스에 공격당하면 이에 맞서 항체가 생성되는 것과 유사하지 않을까 하고 생각했다. 나에게 내재되어 있던 생명력이 본능적으로 앞으로의 삶에 필요한 새로운 방어 시스템을 만들어버린 것 같았다.

컴퓨터가 안 될 때 늘 듣던 소리.

"껐다 켜보셨어요?"

우와, 이것은 그냥 평범한 말이 아니었던 것이다. 신은 세상의 이곳저곳에 신비를 숨겨놓았다더니, 이것 역시 그중 하나임에 틀림없다. 정말이지, 위트가 있는 분이다.

나를 껐다가 다시 켜야겠다고 했을 때는 사실 이렇게 큰 일이 될 줄은 몰랐다. 어쩌면 내 무의식은 충분한 휴식과 기분 전환을 거친 후 '더 좋은 성능의 사회인'이 되려고 했을지도 모른다. 그런데 상황은 내 예상을 완전히 빗나갔다. 목표마저도 바뀌었다. 새로 설정된 리셋의 목표는 '온전한 나로 합체하는 것'이 되었다. 내 몸과 마음, 에고와 영혼이 통합되어 조화롭게 삶을 운영하고 존재하는 것 말이다.

리셋의 첫 과정에서 나는 내가 오래 가지고 있던 신념이나 규범, 옳다고 받아들인 세상의 법칙, 정보와 지식의 많은 부분이 실제로 내가 진짜 동의하거나 믿는 바가 아니라는 것을 깨달았다. 중요하지도 않고 내 것도 아닌 것들이 내 안에 들어앉아 자리를 차지하고는 주인 행세를 하고 있었다. 내가 알고 있던 나 역시 대부분 허상에 지나지 않는다는 것도 깨달았다.

나를 지키고 지탱하고 있던 경계와 울타리가 무너질 때 나는 처음에는 무섭고 혼란스러웠지만, 이내 한 번도 느껴보지 못한 자유와 가벼움을 맛보았다.

다른 누군가에 의해 만들어진 생각들과 얼마 후면 효력과 인기가 다할 세상의 훈수들에 벌벌 떨지도 않고 눈치도 보지 않겠다는 결심이 자연스럽게 생겨났다. 그렇게 누군가의 따라쟁이나 노예가 되는 대신, 내 목소리와 소망을 들어야겠다고 생각했다. 앞으로는 내 안의 지혜가 나침반이 될 것이다.

이 모든 깨달음은 내 시스템이 꺼졌을 때 내게로 왔다.

내가 아예 생각과 의식을 내려놓고 완전한 쉼과 모르는 상태로 전환되었을 때 내 앞에 '떠오른' 앎이다. 모르겠다고 외치니 알아진 것들이다. 내가 평생 해오던 대로 머리와 사유를 통해 알려고 했다면 결코 닿을 수 없었을 것이다.

생각은 과거의 데이터를 복합 가공한 것에 불과하니 완전히 새로운 것을 얻으려면 나는 생각이란 것을 벗어나야 했다.

정말로 이 모든 것은 내가 논리와 사고의 엔진을 끄고 고요히 앉았을 때에야 비로소 생각의 '밖'으로부터 떠올랐다.

몇 년간 반복적으로 꾸던 꿈이 있었다. 나는 고속도로를 달리는 차 속에 있다. 이유는 모르지만 나는 아주 빨리 달려야 하는 것 같다. 내 시야에는 역시 무서운 속도로 내달리는 차들이 보이고, 나는 그 차들을 이리저리 제치면서 앞서 나간다. 옆 차와 부딪칠지 모른다는 불안감에 꿈속에서도 온몸의 신경이 곤두선다. 언제라도 브레이크를 밟아야 하는 내 오른발은 항상 긴장으로 움찔대곤 했다.

두려움의 레이스에서 깨어나 이제야 눈을 뜬 것 같다. 그리고 나와 내 주위를 볼 수 있게 되었다. 삶이라는 이름으로 지금 내 앞에 와 있는 많은 것들을 차근차근 살피게 되었다.

우리 안의 숨겨진 지혜는 이렇듯 크고 신비롭다. 그리고 삶은 우리와 우리 안의 지혜를 계속 흔들어 깨운다. 생각해 보면 사실 언제나 그래왔다.

많은 사람들처럼 나 역시 만들어진 두
려움 속에 오래 갇혀 살았다. 세상은 각박하고 우리 모두에게 넉넉
한 곳일 수는 없다고, 대중의 울타리를 벗어나 개성을 좇는 삶은
위험하다고, 그리고 삶은 예측할 수 없으니 항상 만일의 경우에 대
비해야 한다고 말이다. 그래서 있을지도 없을지도 모를 만일을 준
비하는 데 우리는 너무나 많은 오늘들을 바쳐왔다.

담담하게 썼지만 사실 지난 1년은 롤러코스터에 앉혀진 것 같
았다. 앞에 뭐가 있는지도 모른 채 쉴 새 없이 오르막과 내리막을

내달렸다.

일하지 않는 시간, 어딘가 소속되지 않은 상태에 나 역시 불안감을 느꼈다. 시간이 갈수록 조금씩 더 초조해졌다. 거창한 말로 삶에 대한 탐색이라고는 하지만, 내가 무슨 돈키호테도 아니고, 스무 살 청년도 아니고, 도 닦는 수행승도 아닌데 정말 이래도 괜찮은 건지 스스로 묻곤 했다. 새 삶의 방향을 따르는 시선이 소위 안전 지대를 벗어날 때마다 내 마음은 두려움으로 요동쳤다. 다르게 살겠다고 생각하는 것만으로도 마음은 저항부터 하려 들었다.

내 일상을 가장 크게 좌우할, 먹고사는 문제는 특히 어려웠다. 그것은 경제의 문제뿐 아니라 내가 존재하는 방식과도 바로 맞닿아 있었다. 나를 아끼는 가까운 사람들은 내 직업 결정에 지분이라도 있는 양 특히 더 목소리를 내었다. 그래서 누군가의 사소한 말 한마디에 섣부른 걱정이 앞서고, 새로운 생각을 떠올렸다가는 곧바로 안 될 백 가지 이유에 줄행랑을 치곤 했다. 내 현금이 버텨줄 경제적 한계선을 계속 계산했고, 돈이 견뎌준다 하더라도 내 심리적 한계선은 어디일지 조마조마했다. (에고가 원하는) 익숙한 회사 시스템으로 다시 돌아가는 대신, (영혼이 이끄는 대로) 새로운 방법으로 생계를 꾸리고 다른 속도와 스타일로 살아보겠다고 단단한 결심을 하게 되기까지 많은 시험 앞에 놓여야 했다.

그 테스트들을 거치면서(물론 지금도 계속해서 새로운 시험 앞에 놓이지만) 내가 깨달은 것이 있다면, 그 두려움이 무엇에 대한 것이든, 두려움의 한가운데를 우선 걸어 들어가야 한다는 것이다. 그리고 두 눈에 불끈 힘을 주고 온 힘을 다해 그것을 꿰뚫어보려고 해야 한다. 도대체 내가 무서워하는 이것의 실체가 무엇인지 큰소리로 물으면서 말이다.

그러면 어느새 두려움은 그 모습을 바꿔 마트로시카 인형으로서 있다. 첫 번째 인형이 열리면서 나는 더 작은 다음 인형과 만난다. 또 한 번 소리 내어 물으면 다음 인형. 멈추지 않고 계속 묻고 그렇게 열고 들어가다 보면, 결국 생각했던 것보다 훨씬 작고 앙증맞기까지 한 마지막 인형과 만나게 된다. 실제로 두려움의 실체란 많은 부분 부풀려져 있었다.

예전보다 훨씬 겁이 없어진 나는 결국 모험을 떠나보기로 했다. 새로운 삶 쪽으로 건너가 보기로 했다. 여태껏 생존과 생계에 대한 지식과 기술을 익히는 데 시간을 쏟았다면, 현재는 삶을 '사는live' 기술들을 새롭게 익혀가는 중이다. 또한 지금 글을 쓰고 요가를 하는 것과 같이, 내 안의 아직 열어보지 못한 가능성들을 꺼내어 그것을 연마해서 나를 먹여살려 보려고 한다.

나는 새로 알게 된 내 요구와 소망에 최대한 충실한 방식으로 살기로 했다. 덜 벌고 더 작게 살더라도 마음의 공간을 더 확보하는 방식으로 삶을 재편하려고 노력중이다. 인생을 의자 놀이나(사람보다 적은 수의 의자에 먼저 앉기 게임) 살아남아야 하는 전쟁터로 보는 사람은 최신 버전의 이기는 기술을 늘 고민해야겠지만, 나는 서로 뺏고 싸우면서 훈장 받는 삶의 배역을 이제는 그만해도 좋다고 생각한다. 인간에게 주어진 이 유한한 시간 동안 계속 전쟁 영화만 찍고 싶지는 않다. 나는 인간 생의 다른 드라마를 살 수 있는 새로운 배역을 찾을 것이다.

마스터플랜 같은 것은 없다. 그 대신 나는 매일 매 순간 깨어서 자주적인 결정을 하는 사람이고자 한다. 다른 사람이 나에게 좋은 것이라며 건네는 조언을 듣는 대신, 나를 위한 선택을 스스로 내리면서 살고자 한다. 인생을 47년이나 살고 나서도 내 선택을 믿을 수 없다면 아마 이번 생에서는 결코 할 수 없을 테니 말이다.

무빙 세일
첫 번째 박스

나는 내가 가진
씨앗 중의 일부를
꽃피워 보았지만,
나머지 부분들을
마저 키워보고 싶
다. 나를 이해하고
구석구석 탐험하
면서 나의 정체로서
살아보고 싶다.

사건을 일으켜야 한다. 내가. 바로 지금

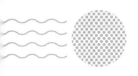

세상에는 '원래 그런 것'이라는 것들이 차고 넘친다.

내 속에도 내가 동의하지 않은 많은 생각들이

자리를 잡고 앉아서는

원래 내 생각인 양 살고 있었다.

성공이라는 것, 잘산다는 것에 대한 정의도,

심지어 '나'라는 존재에 대한 생각과 인식도 마찬가지였다.

똑똑한 척 살았어도 결국 알아차리지 못했다.

자신 속의 낡은 것들을 계속해서 꺼내어 버림으로써

우리는 과거로부터 벗어난다.

그리고 미래와 가능성을 향해 전진할 새로운 공간을 얻는다.

인간이 만든 모든 것에는 유효 기간이 있다.

생각도, 체제도, 윤리도 마찬가지다.

효용이 다하면 우리는 그 도구들을 버려야 한다.

내 안에서 들리는 남의 목소리를 알아차릴 때,

나와 남을 향하는 기대와 평가가

영원히 도는 쳇바퀴임을 깨달을 때,

우리는 경계와 틀의 구속에서 벗어나 자유를 산다.

이 첫 번째 박스에는 내 안에서 발견한

오래된 가치와 규범, 생각 들에 대한 이야기가 담겨 있다.

어떤 것은 큰 쓰임과 울타리가 되었고,

어떤 것은 나를 옭아매고는 지치게 만들었다.

앞으로도 무엇을 지키고 또 버릴 것인지를

계속 고민하며 살 것이다.

당신은 지금 무엇에 기대어 사는가?

당신의 생각과 믿음은 당신을 지켜주는가 혹은 구속하는가?

서구 사회에는 젊은 리더들이 많다. 생물학적인 나이와 경력의 총량 같은 것을 절대시하지 않으니, 30대에 한 나라의 총리도 되고 세계적 기업을 이끌기도 한다.

1990년대 후반에 미국 올랜도에 있는 월트디즈니의 호텔 중의 한 곳에서 일했다. 그때 디즈니에도 대학원을 갓 졸업한 아주 젊은 매니저들이 많았다. 한국의 연공서열 제도를 보고 자란 나는 자신보다 나이가 어린 보스를 너무나 자연스럽게 대하는 미국 사람들이 신기했다.

하루는 친하게 지내던 객실 오퍼레이션의 동료 아저씨와 얘기를 나누고 있었다. 나이를 물어보지 않아 정확히는 몰라도 아마 40대 초반 정도였던 것 같다. 객실 팀에서 가장 오래 근무한 베테랑 중의 한 명으로 경험도 풍부하고 어떤 상황에서건 차분하고 지혜로웠다. 호텔의 시스템에 대해 모르는 것이 없어서 내가 문제에 부딪칠 때마다 쪼르르 달려가던 분이다.

그날도 백오피스에 찾아가서 언제나처럼 도움을 받았다. 돌아서면서 문득 궁금했다. 이런 사람이 왜 '여태' 매니저가 아니지?

"John, I got a question for you. Why aren't you a manager, don't you want to be one?"(존, 궁금한 게 있는데 물어봐도 돼요? 존은 왜 매니저가 아니에요? 매니저 되고 싶지 않아요?)

아무 맥락도 없이 그냥 입에서 나오는 대로 내뱉은 질문이다. 지금 생각해 보면 너무 순진하고 또 좀 무례했던 것 같다. 그는 나를 올려다보고 피식 웃었다. 천천히 입꼬리를 올리면서 어떻게 답을 해줄까 고민하는 듯했다. 그의 눈이 사무실 한쪽에서 계속 돌아가고 있는 영상에 멈춘다. 프론트데스크를 촬영하고 있는 CCTV 화면이다. 매니저 한 명이 손님으로 보이는 남성과 무언가 아주 열심히 이야기를 하고 있다. 컴플레인 상황인 것 같다. 영상을 가리키며 그가 말했다.

"Do I want to be there? And want to do that? No, I am

happy with what I am doing here." (저 자리에서 저런 일을 하고 싶으냐고? 아니, 나는 지금 일이 좋아. 여기서 하는 일이 만족스러워.)

내 기준에 따르면 그야말로 어른이자 썩 괜찮은 사회인으로 보이던 이 사람이 자신은 매니저가 되기를 원하지 않는다고 말했다. 그 당시의 나로서는 충격이었다. 원하는데 기회가 주어지지 않았다거나 능력이 욕심을 받쳐주지 못하는 것이 아니었다. 그냥 그는 자신이 좋아하는 일과 그렇지 않은 일을 알고 있었고, 자신의 현재에 만족한다고 말했다. 실제로 존은 항상 평온해 보였다.

그때 내게 새로운 정보가 입력되었던 것 같다. 살면서 줄곧 도움이 되어왔던 꽤 쓸모 있고 가치 있는 정보이다.

- 모든 사람이 나이 들면서 높아져야 하는 것은 아니다.
- 모든 사람이 나이 들면서 높은 지위와 책임이라는 욕망을 품는 것은 아니다.
- 세상의 '그래야 한다'는 기준들을 모두 받아들여야 할 필요는 없다. (그러지 않아도 삶은 괜찮을 수 있다.)

의식을 가지고 잘 들여다보면, '그래야 한다'고 생각하고 살아온

수많은 기준들이 우리 머릿속에 있다. 우리가 인지하고 스스로 입력한 것도 있겠지만, 많은 것들이 공부하고 일하고 사는 동안 친구와 주위 사람들 그리고 미디어를 통해 부지불식간에 머릿속에 들어온 것들이다.

행복이나 성공에 대해서도 마찬가지다. 우리는 사회가 가르쳐 준 행복과 성공의 모습을 갖추는 데 급급하지만, 그것이 진짜 내가 원하는 것인지 그래서 내가 만족하고 편안한지조차 살펴볼 겨를이 없다. 이론적으로는 행복하면 성공한 것인데, 실제로 우리는 성공해야 행복할 수 있다는 주장을 따르며 살아간다. 생각해 보면 학교든 사회든 아무도 열렬히 행복을 구하라고 격려하지 않는다. 행복을 사유하고 구하는 사람들은 최선부터 다하라고(최선을 다해 일해서 성공하라고) 타박을 듣는 시대가 되었다. 최선이 최고의 도덕인 시대에 행복은 설 곳이 적다.

아무것도 아닌 것 같지만, 나는 살면서 입력되는 이런 크고 작은 정보들이 우리의 삶을 엄청나게 좌지우지한다고 생각한다. 똑바로 정신을 차리지 않으면 어느새 내가 동의하지도 않는 세상의 기준들이 내 속에 들어와 당연한 듯 자리를 잡고는 나를 조종하게 된다. 내가 맞추어 살아야 하는 기준과 리스트가 많을수록 우리는 딱 그만큼의 자유 의지를 반납한다.

인간 역사의 각 시대에는 항상 그 시대가 믿는 주류 가치관이 존재해 왔다. 세계를 보는 눈, 삶의 가치, 행복의 원칙, 정의의 잣대 등등. 사람들이 좋아하는 것이라고 알려지면 더 많은 사람들이 덩달아 좋아하게 되듯이, 주류가 된 생각 역시 별다른 숙고의 과정 없이 더 강력한 주류가 되어버리기 쉽다. 그런데 역사적으로 모든 인간의 사고와 가치 체계는 그 시대가 저물거나 새로운 강력한 생각이 등장하면 허물어지게 마련이다. 시간과 공간이 바뀌면 늘 달라지는 세상의 생각들은 그래서 고정불변의 진리일 수 없다.

회사의 시스템에 들어와서 커리어라는 것을 갖게 되면 자기도 모르게 성취 지향적 에너지에 쏠린다. 우리의 시선은 외부로 향해 세상의 시선과 평가에 예민해지고, 우리를 운용하는 기운은 타인과 나를 끊임없이 비교하며 경쟁시킨다. 그 안에 있을 때는 나의 에고 역시 쉴 새 없이 자기 확신과 열패감 사이를 왔다 갔다 했었다.

비록 전전긍긍하고 편집적인 성향 때문에 스스로를 괴롭히기는 했어도, 내가 스스로를 그나마 이만큼 지켜낼 수 있었던 것은 내 자아가 아직 말랑말랑했을 때 입력된 '그러지 않아도 된다'는 생각 덕분이다. 내가 믿고 선택한 그 생각이 언제나 마음속의 성소

聖所 역할을 해주었다.

만일 내가 화려한 커리어 트랙을 걷는 부모와 성공한 형제자매들 그리고 이름 높은 친구들에만 둘러싸여 살았다면, 나는 아마 또 하나의 '그래야 한다'는 원칙에 스스로를 가두었을 것이다. 내가 예상하고 계획한 시기에 원하는 만큼의 위치에 가 있지 않다면 굉장히 불안하고 위축되었을 것이다. 나는 내게 숨 쉴 수 있는 자유를 일찍이 선물해 준 존에게 감사한다.

회사 시스템 밖으로 나온 지금, 나는 내 안에 자리 잡은 '그래야 한다' 리스트 중 몇 가지를 더 추려내었다. 더 이상 나에게 필요도 없고 내게 맞지도 않은 것들이기 때문이다. 그리고 그것들 몇 개를 덜어냄으로써 그만큼의 마음의 공간과 자유를 반납받았다.

목표, 그놈의 목표 이야기다. 우선, 목표란 아주 구체적이거나 높아야만 좋을까? 결론부터 말하면 나는 아니라고 생각한다. 아니 정확하게 말하자면, 높거나 구체적이지 않아도 상관없다고 생각한다.

첫째 이유는 인생의 모든 것이 그렇듯이 거창하게 계획해 봤자 그대로 안 될 가능성이 높기 때문이고(시니컬하게 말해서 미안합니다), 둘째 이유는 우리는 우리가 원하는 것이 무엇인지 잘 모르기 때문이다. 그리고 마지막 이유는 우리가 끊임없이 변한다는 사실에 있다. 오늘 내가 원하는 것도 모르면서 내일의 나의 목표를 설정하기란 불가능한 일이다.

"완전 헛짓입니다"라고 딴지를 놓으려는 것은 아니다. 다만 위와 같은 이유로, 좀 느긋하게 생각하면 좋겠다. 책상에 머리 싸매고 앉아서 거창한 커리어 목표를 세우려고 너무 고민할 필요는 없다고 말하고 싶다.

꽤 성실한 회사 인간이던 나는 어찌된 일인지 회사에서 정기적으로 실시하는 중장기 커리어 목표 설정(5~10 Year Career Aspiration)만큼은 너무 하기가 싫었다. 당신은 어떤지 궁금한데, 나는 참 난감했다. 구체적 타이틀과 직무를 설정하는 그런 거창한 생각은 별로 해본 적이 없었다. 소심하지만 자존심 강한 성격 탓인지 나한테는 내가 현재 맡은 일을 잘 알아가고 또 제대로(사실은 기대 이상으로) 해내는 것이 언제나 제일 중요했다. 더 솔직히는 내가 그렇게 먼 미래에 회사에서 하고 싶어질 일과 맡고 싶을 역할이 뭔지도 모르겠고, 이 회사에 정확히 어떤 업무들이 존재하는지 알지도 못했다. 내가 주니어였을 때는 특히 더 그랬다.

그래서 몇 년 후에 승진을 해서 어떤 자리까지 오르고 싶다고 명쾌하게 말하는 사람을 볼 때면 그저 신기하기만 했다. 빈칸이 그려진 종이 한 장을 놓고 골치를 썩고 있는데, 내 친한 동료 한 명이 매니저에게 작성을 끝낸 자기 것을 쓱 내민다.

몇 년 안에 어떤 어떤 역할을 거쳐서 부서장Division Head이 되고 싶다고 적혀 있다. 그리고 몇 년이 지나 다시 만났을 때에는 목표가 사장으로 바뀌어 있었다. 사장, 즉 Country GM이 되겠다고 쓴 사람이 꽤 많았던 모양인지 미국에 있는 HR 담당자가 한번은 이렇게 말하는 것을 들었다. "한국에서는 모든 사람들이 GM이 되고 싶어 하는 것 같아. 한국처럼 GM을 꿈꾸는 사람이 많은 곳은 없어." 일단 목표는 높이 가져야 한다는 생각이 주입되어서일까? 아니면 월급쟁이들은 월급을 주는 최상위자가 되어야 한다고 생각하는 걸까? 물론 정교하게 따지고 들면 사장이 월급을 결정하지는 않지만 말이다.

사실 나는 회사에서 제출하라는 커리어 목표를 어떡해서든 대충 처리하려고 애썼다. 또한 위의 여러 가지 이유 때문에 누군가 내게 어떻게 쓰면 좋겠냐고 물어도 딱히 조언을 해줄 입장이 아니었다. 그런 내 속도 모르고 사람들은 커리어 목표를 어떻게 했냐고 내게 묻곤 했다.

그러면 조언 대신 나는 그냥 내 이야기를 들려준다. 그리고 엄청나게 공들여 터득한 대단한 노하우는 아니니 그저 참조만 하라고 덧붙인다.

나이키에서 일하는 동안 나는 꽤 많이 업무 이동을 했다. PR, 컨트리 마케팅 기획, 아태지역 마케팅 기획, 리테일 마케팅, 리테일 비즈니스 매니지먼트, 마케팅 매니지먼트 등이다. 이 중에 어떤 것도 그 일을 맡기 1년 전부터 그 일을 하고 싶다고 목표한 것은 없었다.

PR로 입사해서 3년 정도를 일하면서 같은 부서의 마케팅 기획이 눈에 들어왔다. 오케스트라의 지휘자처럼 전체를 파악하고 마케팅 믹스(마케팅 목표의 효과적인 달성을 위하여 마케팅 활동에서 사용되는 여러 가지 방법을 전체적으로 조정하고 구성하는 일)를 조율하는 일이 재미있어 보였다. 그래서 매니저와 부서장에게 몇 번 내 관심을 내비쳤다. 외국인 회사는 정기 인사라는 게 없기 때문에 언제 자리가 생길지 알 수 없다. 결원이 생기거나 조직이 커지거나 둘 중의 하나이다. 관심을 밝힌 지 6개월 정도 지났을까, 운 좋게 자리가 생겼고 나는 업무 이동했다.

1년이 조금 지난 후 이번에는 미국 본사의 마케팅 기획 파트에서 일할 기회가 생겼고, 나는 잠시 생각한 후 도전하겠다고 했다.

미국에서 일하는 동안 새롭게 눈에 띈 분야가 리테일이다. 매장이야말로 소비자에게 강력한 브랜드 경험을 줄 수 있는 공간이자 기회로 보여서 그런 생각을 회사에 내비쳤더니, 얼마 후 나에게 딱

어울리는 자리가 있을 것 같다고 했다. 그리고 미국 근무 2년을 마친 후 한국으로 돌아올 때 글로벌 조직 개편을 거쳐 조직과 중요도가 훨씬 커진 리테일 마케팅의 책임자로 발령받았다.

나머지 일 역시 이런 식으로 전개되었다. 어떤 때에는 내가 말하기 전에 제안을 받기도 했고, 더 많은 경우는 내가 맡고 있던 업무를 깊이 이해하게 되면서 자연스럽게 열게 된 문들이다. 그 전에는 전혀 알지 못하거나 관심 없던 부분이 그런 식으로 새롭게 내 시야에 들어오곤 했다. 그렇게 자연스러운 관심이 실제 업무 발령으로 이어지면, 확실히 소프트랜딩하는 데 도움이 되었다.

사실 커리어 휴먼(우먼과 맨)으로 살면서 구체적인 목표가 없다고 말하기는 난감할 때가 많다. 문화적으로 우리는 아주 구체적인 목표가 있어야 한다는 강박에 가까운 생각을 가지고 있다. 목표는 크고 구체적이어야 하고, 그런 목표가 더 열심히 일하고, 다부지고, 성취하는 사람을 만든다고 말한다.

그래서 나는 목표와 성취의 상관 관계에 대해 이야기할 때면 명쾌해질 수가 없다. 나는 열심히 일했고 꽤 잘했고 또 좋은 결과까지 이루었다고 스스로 생각하지만, 그것은 내게 구체적인 커리어 목표가 있었기 때문이 아니다. 이것을 잘해야 원하는 그 자리에 오를 수 있다고 생각해서 그렇게 한 것이 아니었다. 사람마다 자신을 움직이는 동기와 동력은 다르다.

비슷한 이야기를 박찬호 선수에게서 들었다. 나이키가 후원한 선수이기도 하고 스포츠 세계에서 큰 업적을 이룬 인물이기 때문에, 종종 회사에 초대해서 이야기를 듣는 시간이 있었다. 누군가 그에게 원래 최종 꿈이 무엇이었냐고 물었다. 어떤 팀에 꼭 들어가고 싶었다거나 무슨 기록을 세워야 한다거나 등등.

"그냥 열심히 했다"가 그의 답이었다. 자신이 현재 있던 곳에서 자신의 역할에 최선을 다하는 것이 그가 한 일이라고 했다. 그러고 있으면 자연스럽게 어떤 생각이 떠오르거나 새로운 기회가 제안되기도 했다. 그러면 그는 그때 자신의 마음에 충실해서 그 다음을 선택했다. 그렇게 하나하나 이어져온 것이 그의 역사이고 그의 업적이고 그의 커리어이다.

그래서 혹시 구체적인 커리어 목표가 떠오르지 않는다고 해도 당신이 문제가 있는 사람은 아니라고 말해주고 싶다. 부족하거나 잘못되었다고 생각할 필요가 없다. 모든 사람이 언제까지 무슨 위치에 오르고 어떤 타이틀을 가져야 한다는 목표를 설정해야 할 필요는 없다. 물론 그렇게 작동하는 사람도 있고, 그런 사람을 주위에서 더러 보기도 했다.

당신이 이와는 다르게 움직이는 사람이라면, 나와 비슷한 작동 방식을 가지고 태어난 사람이라면, 그냥 그 사실을 자연스럽게 받아들이고 당신의 게임을 펼치면 된다. 그리고 세상에는 아직 자신의 책을 쓰지 않았거나 방송을 통해 나누지 않은 수없이 많은 사람들의 다양한 삶의 노하우와 철학이 존재한다.

그러니 이제부터 우리는 다른 사람의 문서를 흘끗거리지 말자. 우리는 세상을 헤쳐 나갈 각자의 필살기를 가지고 태어났음을 잊지 말자.

《월든》을 읽었다. 헨리 데이빗 소로라
는 이름은 언제나 근사하게 들렸는데, 그가 쓴 책과의 인연은 얼마
전에야 생겼다. 서점에서 책을 찾으니 청소년 권장 도서 코너에 놓
여 있었다. 청소년들에게 좋은 문학을 권하는 것이 나쁠 리야 있겠
냐마는, 입시에 바쁘고 미래의 성공을 위해 너무 많은 것을 미리
준비하며 살아가는 지금의 10대들에게 단순한 삶의 가치 같은 것
이 과연 귀에 들어올까 잠시 고개를 갸우뚱거렸다.

《월든》은 인생의 색다른 맛에 대한 글이다. 소로는 자연과 조화
되는 소박한 인생의 맛을 발견하고, 그 맛에 반해 들뜬 마음으로

그것을 사람들과 나누고자 한다. 대를 물려가며 큰 빚이 딸린 거대 농장을 세습하고는 그 '재산'을(소로의 눈에는 '빚더미'를) '유지하기' 위해 (소로의 눈에는 노예처럼) 힘들게 살아가는 뉴잉글랜드 지방 농부들의 생활에 대해 이렇게 썼다.

"안락과 자립을 손에 넣기 위해 더할 나위없는 익숙한 솜씨를 부려 머리칼 덫을 놓았는데, 놓고 돌아서자마자 자기 발이 그 덫에 걸린 것이다. 이것이 농부가 가난한 이유이다. 비슷한 이유에서 우리들은 사치품에 둘러싸여 있으면서도 수많은 원시적인 즐거움의 면에서는 가난하기 짝이 없다……"

150년이 지난 이야기이지만, 농부들을 회사원 혹은 사회인으로 바꾸면 바로 지금의 이야기로 읽힌다. 인류의 역사를 통해서 수렵인은 땅에 자신을 묶어 농민이 되고, 농민은 공장에 예속되는 노동자가 되고, 그 공장은 수많은 회사와 직장으로 바뀌었다. 그동안 삶은 나아졌는가? 더 큰 행복을 얻었는가? 예측할 수 없는 기후와 목숨을 위협하는 동물들에게서는 벗어났다. 생존의 확률은 높아졌다. 그리고 그때, 생존의 확률과 몸의 안위를 보장받는 대가로 인간은 자유와 시간을 저당 잡힌 것 같다.

어차피 인간은 조건을 가진 삶 속으로 태어난다. 시간과 공간, 생명 유지에 필요한 이런저런 것들이 그 조건이다. 성인이 되고 독립을 한다는 것은 이 모든 현실적 생의 조건들에 최소 기준을 맞추는 법을 깨우친다는 것이고, 최소 기준을 초과한 '잉여'를 어떻게 만들어 영위할 것인지를 스스로 결정한다는 것이다.

- 결혼을 할 수도 있고, 홀로 오래 지낼 수도 있다.
- 아이를 많이 낳아 듬뿍 사랑하며 사는 것이 행복이라고 생각할 수 있다.
- 아름다움이나 진리를 찾는 것에 자신의 인생을 바칠 수도 있다.
- 내 능력과 재능을 끝까지 펼쳐 보이는 데 자신을 걸겠다고 할 수도 있다.
- 세상의 생명들에 봉사하며 사는 것이 사명이라고 여길 수도 있다.

나는 정말 열심히 일했다. 열심히 일하는 것, 근면하고 최선을 다하는 것이 인간의 가장 중요한 덕목이라고 배우며 자랐다. 하지만 왜 일하며, 얼마만큼 일할 것이며, 어떤 노동을 선택하고 또 거부힐 것인지, 언제 멈출 것인지 따위는 생각해 보지 못했다. 더 많이 더 열심히 일하는 것에 익숙해지고 관성이 붙으면서 나 역시 뉴잉글랜드 농부처럼 살기도 했다.

농장을 유지하는 대가로 자신의 인생을 지불하는 그곳의 농부들처럼 겉으로는 큰 농장을 소유한 주인으로 보이지만 실제로는 농장이 나를 지배하는 꼴이었다. 큰 농장이 있었으므로 나는 농장을 지키기 위해 아침부터 밤까지 일해야 했다. 농장의 빚을 조금이라도 빨리 갚고 싶은 욕심에, 집에 들어오면 육체는 잠시 누이지만 정신은 쉴 틈 없이 생각하고 계획을 세웠다. 다른 농장에서 새로운 농법을 배워 시도했다고 들으면 나도 그렇게 하려고 했다. 딱히 다른 농장보다 더 큰 농장을 가져야 한다고 욕심을 부린 것은 아니지만, 다른 농장보다 초라한 농장을 만들기는 싫었다. 그렇게 조금씩 농장은 나의 인생의 전부가 되었다. 나도 농장의 덫에 걸렸다.

농장은 내게 잠자리를 제공했다. 매우 안락한 잠자리였다. 내일도 노동하고, 내년에도 노동하고, 언제까지나 차질 없이 멈추지 않고 노동하기 위해서는 안락한 잠자리가 중요했다. 농장은 풍요로워지는데 나는 점점 곤궁해졌다.

아무도 거스르지 않는 노동의 권위에 나는 질문을 던진다.

- 노동하지 않는 인간은 가치가 없는가?
- 왜 우리는 인간이 많은 시간 일하는 것을 당연하다고 여기는가?
- 왜 우리는 '필요'로서의 노동을 가르치는 대신, 노동에 자꾸 '신성'을 부여하는가?
- 평생을 따라다니는 "열심히 (일)해라"는 말은 격려인가, 폭력인가?
- 언제부터 노동은 이런 무소불위의 권위를 차지하게 되었는가?

우리는 일하기 위해 이 땅에 태어나지 않았다. 회사에 출근하거나 회사 매출을 올리거나 월급을 받기 위해 세상에 온 것이 아니다. 노동은 내가 삶을 유지하고 삶이 제공하는 것들을 누리기 위해 필요한 수단일 뿐이다.

행복을 구하라, 자신을 표현하라, 세상을 만나고 즐기라고 가르치는 세상이었으면 좋겠다. 이런 것들을 위해 '노동을 통한' 돈이 필요한 것이고, 노동은 자신에게 필요한 '정도껏' 하는 것이라고 가르치면 좋겠다.

아니 백 번 양보해서, 적어도 세상에서 추구할 만한 수많은 가치와 숭앙할 만한 정신을 제치고, 노동이, 그것도 최선을 다해 노동하는 것이 제일 첫자리를 차지하지만 않았으면 좋겠다. 이것은 매우 슬픈 일이다. '웃픈' 일이다.

이제는 혼자서 진짜 세상에 나서는 거라고 생각했을 때 나는 무척 설레었다.

나는 뚜벅뚜벅 세상 속으로 걸어 들어가 나를 높이 쏘아 올릴 것이다. 이제부터 세상에 나의 자리를 만들고 내 깃발을 휘날리게 해야 한다. '나'라는 것을 알 도리가 없는 그때의 어린 나는 되고 싶은 모습으로 우선 그럴듯한 나의 허상image을 만들었다. 욕심이 났다. 그래서 나는 아주 거창한 이상향을 설정했다. 비록 지금의 나는 그저 그런 사람에 지나지 않더라도, 내 앞에는 미래라는 이름의 시간과 기회들이 있었다. 그리고 그 과정을 통과한 나는 언젠가 멋지게 완성될 것이었다.

　나는 스스로에게 아주 길고 엄격한 리스트를 주문했다. 나의 큰 그림은 돈을 많이 벌어 부자가 되거나, 조직에서 높은 사람이 되는 것이 아니었다. 나는 훌륭하고 매력적인 사람, 세상을 아는 사람, 불의에 굴복하지 않는 사람, 인격만큼 능력도 높은 사람, 쓰임이 있고 가치를 더하는 사람, 지혜로운 사람, 관대함으로 타인을 대하는 사람, 언제나 조금씩 나아지는 사람 등등이 되려 했다. 완벽한 이상형에 다가가기 위해 많은 노력과 시간이 바쳐졌다. 어른으로 여물어가는 대부분의 시간 동안 나는 이 과정에 매우 진지한 자세로 임했다. 어떠한 의심도 없었다.

　그렇게 살아오다가 모두가 아는 큰 조직에 속해 이른바 가시적인 성공을 이루는 시간을 맞았다. 세상의 규정에 의하면 내가 지금 누리고 있는 바로 이런 것은 틀림없는 행복(한 인생)의 상태인데도 내 삶은 여전히 힘이 들었고 긴장은 사라지지 않았다. 사람들은 회사가 너무 많은 것을 요구해서 그렇다고 했지만, 다른 누구보다도 나 자신이 나를 가장 못살게 굴었다.

　내가 부족하다는 것을 드러내는 것이 싫어서 혼자 많은 시간을 들여 준비하고 공부했다. 열심히 해놓고는 (유치하게도) 너무 애쓰는 것처럼 보이고 싶지 않아 나의 노력을 숨기기도 했다. 좋은 리더처럼 보이고 싶어서 사람들에게 공을 많이 들였다. 다른 사람을 무시하거나 질투 같은 모자란 마음이 생길 때에는 그래서는 안 된다고 스스로를 다그치고 몰아세웠다. 점점 더 내 감정에 솔직하기가 힘들어졌다. 나는 완벽한 사람, 항상 좋은 사람이어야 했다.

결국에는 막다른 골목에 이르게 되었다. 이제까지 나를 이끌어왔던 이상향의 모습이 점점 버거워져서 더 이상 감당하기가 힘들어졌다. 임원이 되면서 나 자신에게 더 완벽하고 엄중한 잣대를 들이대었을 것이다.

나는 실패할까 두려웠고, 어떻게 판단하고 해결해야 하는지 모르는 일이 많아졌고, 그럼에도 그것을 솔직하게 털어놓을 수 없었다. 동의하지 않는 일에 반대를 밝히는 것과 모른 척 넘어가는 것 모두가 고통이었다. 나는 아주 예민하고 까칠해졌다. 나 자신을 마구 공격해 대었고, 그러다가 결국 아주 많이 상처를 받았다.

속 시원히 털어놓을 곳이 없어 혼자 끙끙대다가(아니, 말해보았자 반응이 천편일률이어서) 어느 날 무속인을 찾아가 하소연했다. 내가 똑똑하고 바른 사람이란다. 힘들더라도 조금 더 버티면 더 좋은 자리로 갈 수 있단다. 지금 나는 하루하루가 너무 싫은데, 이렇게 계속 있다가는 꼭 무슨 사날이 날 것 같은데, 무슨 좋은 자리?

"저는 지금 너무 괴롭고 힘들어서 뭐라도 좀 해야겠어요. 안 그러면 정말 미칠지도 몰라요. 그림을 그려볼까 하는데요. 아니면 뭔가 새로운 걸 배워볼까요?"

그녀가 나를 잠시 가만히 본다.

"아무것도 하지 마. 애쓰지 좀 마요. 그냥 친구들과 재밌게 놀고 맛있는 것 먹으러 다녀."

그러면서 안쓰러운 눈으로 말을 잇는다.

"가슴이 꽉 막혔네. 아이고 이걸 어째, 이건 참 고치기 어려운데. 자기를 버려야 하거든. 근데, 보통 사람들은 그렇게 못해. 종교를 가지고 또 기도를 한들 그것도 잠시야. 참 어려운 숙제야. 쯧쯧."

이런 순간을 영어로 '아하 모먼트A-ha moment'라고 한다.

그야말로 명쾌했다. 맞는 말이라고, 내 안의 내가 바로 인정했다. 여태까지 내가 들었던 어떤 조언이나 위로보다, 내가 혼자 머리 싸매고 고민했던 어떤 해결책보다 단연 탁월했다.

이제 명확해진다. 내가 계속 느꼈던 애매하고 답답하고 무거운 그것들이 무엇인지.

나는 '나'라는 감옥에 갇혀 있었던 거다. 나는 내가 만든 거대한 자아의 성에 스스로를 오래전에 가두었다. 밖에서 보이는 모습이 근사해서 그것이 감옥인 줄도 모르고 살았다. 이 자아라는 것은 내가 아닌데, 내가 욕망을 투사해서 그린 그림들이었는데, 나는 그 작은 그림에 갇혀 제대로 숨을 쉴 수도 없게 된 것이다.

나를 멋지게 조련하기 위해서는 나는 나의 엄격한 감시관이 되어야 했다. 모자란 부분을 어서 채워 넣으라고 끝없이 채근하고 성숙하지 못한 부분은 스스로 반성문을 썼다. 내 본래 모습들은 차츰 희미해져갔다. 나에게 솔직해지는 것 역시 점점 더 어려워졌다.

감옥을 알아차린 나는 이제 두려워졌다.

인생의 모든 선택은 포기와 한 쌍이다. 내가 포기한 것이 무엇이었는지 떠올려본다. 안데르센 동화에서 인어 공주는 목소리와 자신의 다리를 맞바꾸었다. 멋진 모습의 자아에 스스로를 가두면서 나는 혹시 나에 대한 사랑을 포기하지는 않았을까? 그때 나는 근사하고 완벽해 보이는 사람이 되는 대신, 나를 사랑하지 않겠노라고 약속한 것은 아닐까?

나는 이것을 되돌릴 수 있을까? 내 속에 아직 나를 향한 사랑이 남아 있을까?

인류사의 지혜로운 스승들은 모두 자아가 문제라고 말했다. 그것을 버리라고 했다. 본디 자아란 실체가 없단다. 명상 선생님도 그렇게 말했고, 불교 철학서에도 그렇게 적혀 있으며, 전 세계의 위대한 선각자들이 자아의 무상함(한 순간도 동일한 상태에 있지 않으며, 실체로서 존속하지도 않음)을 알아차리라고 설파했다.

'자아'라는 단어를 무척 좋아했었다.

어떤 실체적인 나, 오로지 나에게 속하는, 남과 구별되는 나만의 개성, 존재하는 상태의 나를 설명하는 모든 부분들의 총합이라고 생각했다. 자아가 견고해야 진짜 어른인 줄 알았다. 자아라는 것이 없거나 희미한 사람은, 생각이 없고 자기 확신이 약하며 아직 미성숙한 존재라고 생각했다.

그런데 정작 나의 고통은 신주단지처럼 모시는 이 자아 때문에 생겼다. 몸과 마음이 사는 게 너무 힘들다고 신호를 보낼 때면 어김없이 에고의 그림자를 발견하곤 했다. 나는 다른 사람 때문이 아니라, 세상 때문이 아니라, 그냥 나 때문에 힘들다는 것을 알고 있었다. 자연스럽게 알아졌다. 다만 무엇을 해야 할지, 어떻게 하고 싶은지 알지 못했다. 자아를 신주단지로 추앙하는 한은 한 발자국도 움직일 수가 없었다.

본디 가득차면 넘치는 법이다. 내 에고가 이끄는 대로 매일을 사는 것이 점점 더 힘에 부치고 갑갑해지다 결국 폭발해 버렸다. 거기에 맞춰 로봇처럼 사는 것을 더는 하고 싶지 않았다. 육체도 나가떨어졌고 정신도 백기를 든 상태. 회사를 비롯한 모든 일상을 스톱시키고 휴식을 취했다. 잠을 제대로 잘 수 있고 숨을 편안하게 쉴 수 있는 때가 오자, 맨 먼저 떠오른 생각이 '이 자아라는 것과 이제 해결을 봐야겠다'는 것이었다.

나에게 아무것도 너 하지 말고 인생을 좀 즐기라던 무속인의 말이 문득문득 떠올랐다. "자기를 버려야 하는 건데, 잘 안 될 거야"라는 말은 내가 마음 준비하는 데 오히려 도움이 되었다. 그 말은 잘 안 되더라도 실망 안 해도 된다는 뜻도 된다. 그럼 마음 편하게 먹고 도전해 보는 거다.

먼저 내가 그렇게 소중하게 아꼈던 자아라는 것이 언제 어쩌다 괴로움의 원인이 되었을까 생각해 보았다.

"나는 본디 이런 사람이야"라고 규정하는 자아는 박제된 나의 모형이다. 살아있고 계속 변하는 나를 고정시키는 것이다. 움직일 수 없는 박제로 살아야 하는 갑갑함이 문제를 일으킨 것 같다.

괴로움은 나를 바라보던 시선에서 오기도 했다. 내가 그리는 '나'라는 그림은 반드시 외부에서 감상하게 되어 있다. 나는 나를 항상 타인의 눈으로 보아야 했고 평가해야 했다. 엄격한 검열관의 시선은 나를 계속 긴장하게 만들었다.

곰곰이 생각해 보니 내가 자아에 그렇게 목숨을 걸었던 이유는 사실 불안 때문이었다. "나는 이런 사람이야"라는 외침에는 "당신과는 다르다"라는 말이 숨어 있다. 기를 쓰고 남과 나를 구별하는 것은 '내가 너보다 낫다'는 것을 확인하려는 마음이고, 그렇지 않으면 안 된다는 불안의 모습이기도 하다. 다른 존재의 위에 서고 싶은 에고는 늘 비교하고 경쟁하려 든다. 마음의 편안함이란 나에게 없는 단어였다.

거창한 논리를 떠나서, 나는 이제 괴로움에서 벗어나고 싶다. 오랜 시간을 거치며 거대한 헤게모니를 가지게 된 이것을 떼어내기는 쉽지 않을 것 같다. 어쩌면 나랑 지지고 볶으면서 아주 긴 시간에 걸쳐 해결을 봐야 할 수도 있다.

오래 이어져온 인류의 지혜에 기대어본다. 명상도 하고 요가도 하고 지혜로운 말을 찾아 여러 텍스트도 읽는다. 자아의 와글거리는 소리에 갖다 대었던 확성기를 떼어내어 마음의 소음 공해로부터도 조금 떨어져본다. 언제나 밖에서 스스로를 감시하던 검열관의 눈길을 거둔다. 습관대로 다시 그 자리로 돌아가지만, 지치지 않고 계속 거두고 또 거둔다. 나는 그냥 소박한 나로 있으면서 내 속에서 평화를 찾고 싶다.

그러면서 진짜 중요한 것에 마음과 에너지를 쏟아보기로 한다. 내 허상만 쫓아다니느라 많은 것들을 스쳐 보내온 나는 이제야 시선을 삶으로 향하고 내 삶을 이루는 많은 것들을 살핀다. 나의 인생에서 지금 무엇이 일어나고 있는지 세심하게 관찰한다.

일상에 매일 들고나는 것들이 존재함을 드러내고 그것을 맞이하는 내 마음이 드디어 기쁘다. 마음이 한 뼘씩 편안해지는 걸 보니 괴로움을 벗어나는 길에 제대로 들어선 것이 틀림없다.

나는 모범생, 모범 시민으로 살았다. 그래서 질서를 따르고 권위를 존중하는 것은 내 몸에 오래 밴 습관이다. 나는 이것을 우리 전체가 어떤 커다란 약속을 지키는 행위라고 생각했다. 그리고 그 약속의 이면에는 권위나 권위자들이 그만큼 믿을 만하고 훌륭한 것이라는 신뢰가 있었다.

그런데 권위를 가진 존재, 내가 따르고 높이 인정하는 위치에 있는 사람들이 항상 그에 준하는 모습을 보이는 것은 아니었다. 나는 믿고 따르기로 세팅되어 있었으므로 그렇게 해야 하는데, 그 마음의 대상이 약속된 모습이 아니었을 때는 무척 혼란스러웠다. 그 모순을 노대체 어떻게 받아들이고 처리해야 할지 몰라서 끙끙 앓기도 했다. 내 판단을 반복해서 되짚어보고 의심해 보기도 했다. 그냥 믿음과 존경을 거두면 된다는 것을 몰랐다. 그런 생각은 아주 한참의 시간이 지난 뒤에야 겨우 떠올랐다.

한동안 기대를 저버린 사람들 때문에 힘든 시간을 보냈었다. 훌륭한 사람일 거라고, 도덕적일 거라고, 이타적이고 자기의 욕망과 이기심을 극복한 사람이라고 믿었었다. 사실은 순전히 내가 혼자 기대를 걸고 믿음을 주었다가, 그것이 무너지면서 어쩔 줄 몰라 했다. 나 혼자 북 치고 장구 쳤으니, 정확히 따지자면 그들은 '내 기대를 저버린 잘못'에 관해서만큼은 무죄이다.

세계적으로 '미투 운동'이 시작되면서 많은 사람들에게 '구루'로 추앙받던 파타비 조이스Pattabhi Jois에 대한 폭로도 터져 나왔다. 지금은 세상을 떠났지만 그는 깊이 요가를 하는 사람이라면 전 세계에서 모르는 이가 없는, 현대 요가의 큰 스승이다.

어떤 유명한 사람의 뉴스보다 충격적이었다. 아쉬탕가 요가가 현대화되면서 그가 가르친 제자들은 지금 전 세계에서 가장 잘 나가는 요가 지도자들이 되었다. 유명한 제자들 덕분에 그들의 스승으로서의 파타비 조이스의 권위는 더욱 단단해졌다.

뉴스를 접했을 때 처음 들었던 생각은, 그처럼 뛰어난 존재가 어리석은 인간들이나 저지르는 그런 저차원의 잘못을 했을 리가 없다는 것이었다. 일면식도 없는 나조차도 일단 부정하고 저항하려 들었다. 그러고는 폭로자들의 인터뷰를 들었다. 양립하지 않는 모순 사이에서 나는 다시 혼란에 빠졌다.

나도 모르게 다시 그 오래된 습관에 젖어든 것을 알았다. 요가 세계에 발을 들이면서 나는 그 세계가 부여한 최고 권위에 곧바로 순응해 버린 것이었다.

권위 앞에서 우리는 참 나약하다. 어릴 때는 더욱 그렇다. 그렇게 자라고, 학습되고, 조건화되면서 그 학습 효과는 더욱 커진다.

중학교 때 담임선생은 반 학생 전체를 성추행했다. 그 일로부터 30년이 더 지나서야 털어놓을 기회가 왔다. 뭔가 분명히 잘못되었음을 그때도 분명히 알았다. 반장으로서 아이들을 위해 무언가를 하고 싶었지만, 나는 결국 아무것도 못하고 말았다. 우리 반 아이 모두가 담임이 저지르는 나쁜 짓의 희생자가 되었는데, 우리를 몸서리치게 한 그 행동들은 그가 담임을 맡은 1년 내내 행해졌다. 이상한 말을 하고, 몸을 더듬어 만지고, 옷 속에 손을 넣는 그런 짓들 말이다. 담임이 아이들을 관찰 지도하는 자율 학습이 가장 끔찍했다. 남임과 한 시간 내내 같은 공간에 있을 때에는 숨을 크게 쉬지 못하고 온몸의 신경이 바짝바짝 섰다. 제발 내가 오늘 담임의 눈에 뜨이지 않기만을 기도했다.

교사라는 지위가 가지는 힘은 막강했다. 처음에는 우선 상황을 인정하기가 어려웠다. 내 이성과 판단이 멈춰버렸기 때문이다. 열다섯이라는 내 나이가 어려서 작동하지 않은 것이 아니다. 권위에 대한 환상과 교육이 나를 마비시켰다. 선생이 그런 나쁜 짓을 할 리는 없으니까 말이다. 내가 너무 예민한 걸까, 혹시 장난이었을까, 아니야 그건 장난이 아니야, 분명 잘못한 거야, 그런데 이제 곧 알아차리고 그만두지 않을까…… 마음속에서는 똑같은 질문이 반복되었다. 아무리 시간이 지나도 담임은 알아차리지도, 그만두지도 않았다.

하필 담임은 엄마와 개인적으로 아는 사람이어서 오히려 집에서는 어떤 티도 내지 못했다. 두 사람의 관계를 포함해 세상 사람들이 촘촘히 연결되어 있는 이 거대한 세계를 내가 망쳐버릴까봐 무서웠다. 내 말 한마디로 이 세상의 질서가 무너지면 어떡하나 싶었다. 무너져야 하는 질서는 깡그리 무너뜨리고 새로 세우면 그만인데, 그때는 세상이 완전히 끝장나는 줄만 알았다.

항상 말 잘 듣고 따라야 할 '선생님'과 어린아이들에게 못된 짓을 하는 '아저씨' 사이에서 나는 1년을 갈팡질팡했다. 혼란스럽고 괴로웠다. 내가 목격하고 경험했던 것이 명백한 현실이었고, 내 판단이 틀리지 않았음을 인정한 것은 아주 오랜 시간이 지나고 나서였다. 믿음과 현실이 일치하지 않을 수 있다는 사실을 받아들이는 데 이렇게 많은 시간이 필요할 줄은 몰랐다.

정도의 차이만 있지 권위가 드리우는 그림자는 언제나 우리를 따라다닌다. 명명백백한 쓰레기 짓을 했어도 "이 자가 개자식이요"라고 말하지 못하게 만드는 엄청난 위력을 가진다. 나는 그것을 분명히 보았다.

군이 이 오래된 사건을 다시 떠올리고 모두가 알게끔 기록하는 이유는 무엇일까? 나에게도 역시 그런 일이 있었다고, 나도 당신과 우리의 고통에 공감한다고 '#미투 선언'을 하려는 걸까? 아니면 내가 알고 있는 권위자들의 허물을 내 책을 통해 속 시원하게 모두 고발하고 싶어졌을까?

아니다. 그것보다 나는 권위 앞에서 쉽게 눈이 가려져버리는 사회 속의 학습과 마음의 습관에 대해 이야기하고자 한다. 이성과 판단이 권위 앞에서 제대로 작동하지 못하는 것을 말하고, 그것을 경계하자고 같이 다짐하고 싶다. 그리고 인간의 고결한 점과 마찬가지로, 인간의 미숙하고 추악한 점 또한 지위와 직업 혹은 나이와 성별을 막론하고 똑같이 존재한다고 말하고 싶다. 회사든 학교든 정부든 조직의 크기나 명망에 상관없이, 높은 지위에 있거나 많은 이들이 따른다 할지라도 그들 중에 합당한 기대에도 미치지 못하는 사람들이 분명 존재한다.

그럴 때는 그냥 마음 놓고 실망하자. 그럴 리가 없다고, 그러면 안 된다고 자꾸 부정하고 현실을 밀어내지 말자. 다시 잘 생각해 보라고 스스로를 채근하지 말자. 마음을 억누르고 자신의 기억을 조작하는 짓을 멈추자.

우리는 그저 진실 앞에만 서자. 권위는 무작정 따르고 존경해야 한다는 주술에서 깨어나서, 그 자리에 앉은 존재가 완전무결할 것이라는 주입된 생각을 벗어버리자. 쉽게 우리의 존경을 주지 말자. 정중히 요청하지도 않았고 스스로 그럴만한 가치도 증명하지 못했는데 덜컥 마음부터 내어주지 말자.

어디에 있는 누가 되었든 우리의 마음은 그 '사람'에게만 주자. 그들이 앉은 '자리'는 그저 사진의 배경으로 쓰자.

　　　　　　살면서 두렵다는 생각을 해본 기억은
별로 없다. 알고 있는 단어지만 내 것은 아니었다. 내가 그 말과 거
리를 두고 살아올 수 있었던 것은, 내가 강하고 지혜로웠기 때문
이 아니다. 추측건대 만성적으로 늘 두려웠기 때문에 자각하지 못
했거나, 대부분 늘 안전한 선택만을 해왔기에 삶의 불안 따위를 느
낄 새가 없었을지도 모른다. 어쩌면 아주 오래전부터 나의 시스템
은 '안전하고 보편적인 선택'을 디폴트로 세팅하고 있었을지도 모
르겠다고 생각한다.

새로운 삶의 방식을 모색하면서 예전 시스템(Corporate World)으로는 돌아가지 않겠다고 결심했다. 그렇게도 한 번 살아보았으니, 이제 다른 방식으로도 살아보고 싶다고 생각했다. 새로운 결심과 함께 비로소 나는 '삶의 두려움'이라는 낯선 감정들을 만났다.

한동안 계속 꿈을 꾸었다. 꿈 해몽을 찾아보지 않더라도 이미 별로 좋은 꿈이 아니란 걸 알겠는, 그리고 해몽을 찾아보고 나서는 괜히 찾아봤다고 후회할 것 같은 꿈 말이다.

하루는 꿈속에서 모르는 남자가 옆에 누워 있었다. 이유는 모르겠지만 나는 그의 성기를 손에 쥔다. 만지작거린다. 어떤 맥락도 없고, 감정도, 욕망도 없는 상태다. 묘한 기분으로 잠에서 깼는데 기분이 영 별로다. 근심 걱정과 나쁜 일이 닥친단다. 에이 C.

화산이 있다. 이제 그 화산이 깨어나나 보다. 검은 연기를 피우며 존재를 드러낸다. 화산은 내가 생각했던 것보다 훨씬 더 크다. 나도, 사람들도 모두 겁을 먹고 달아난다. 이건 이미 악몽임이 너무 명확하다. 검은 연기라니…… 근심 걱정과 악운이 닥칠 꿈. 에이 C.

어느 날 새벽의 꿈. 예전에 같이 일했던 회사 친구의 소식을 다른 동료가 전해주었다. 다니던 회사의 사장이 되었단다. 기분이 이상하다. 굳이 따지자면 별로다. 시기하는 마음인가 싶었는데, 곰곰이 살피니 '나는 어쩌지?' 하는 걱정이었다. 내가 두려웠던 것이 이

거였구나 싶다. 경쟁과 회사라는 시스템의 밖에서 살겠다고 선언은 했지만, 아직 거기 머무는 시선을 완전히 거두지는 못해서였을 것이다.

이날은 꿈에서 깨자 피식하고 웃음이 나왔다. 허공에다 대고 말한다.

"나 테스트하는 거예요?"

저 높은 곳에 있을지도 모를 존재들에게 외친다. 그것이 신이건, 내 자신이건, 무엇이건 간에 내가 지금 시험에 든 것만은 틀림없는 것 같았다.

하루에도 몇 번씩 좋은 상상과 기대감, 나쁜 상상과 두려움 사이를 오갔다. 때로는 꿈이라는 기제를 통해서 '나, 사실은 진짜 무서워' 하고 외치기도 하고 '너, 진짜 자신 있어? 괜찮겠어?' 하고 스스로에게 묻는 것 같았다.

테스트는 오래 계속되었다.

꿈 이야기를 늘어놓은 이유는, 이미 익숙해져 버린 안전하고 보편적인 삶의 방식을 내려놓는 과정이 쉽지 않았다고 말하기 위해서다. 우리 모두, 나 역시 두려워하기 때문이다. 내가 찾아 떠나는 다른 방식의 삶이 내게 별다른 만족을 가져다주지 못할까봐 두려왔다. 이 땅에서 현실을 사는 데 유익한 재화들(돈, 소속, 타이틀 같은)을 내려놓지만 혹시 아무것도 새로 얻지는 못하는 빈손이 될까봐 무서웠다. 세상이 "저 사람, 그렇게 안 봤는데 참 순진하고 어리석네" 하고 수군거리는 말을 들을까봐 그것도 두려웠다.

내가 살던 예전의 삶을 생각한다. 그곳에도 두려움은 있었다. 지금도 여전히 있다. 언제나 공기처럼 존재한다. 원하는 것을 얻지 못할까봐 두렵고, 계속 잘해내지 못할까봐 두렵고, 내 모습을 숨기고 있다가 영원히 나 자신을 잃어버릴까봐 두렵고 위태로움도 느끼지만, 한편으로는 이 안전망이 사라져버리면 어쩌나 가장 두려웠을 것이다.

모두가 그 공기를 같이 마셨다. 그러면서 안도했다. 이건 모두의 두려움이니 괜찮아. 어차피 해결할 수 없어. 나쁜 일이 일어나도 이건 모두의 나쁜 일이야. 그러니까 괜찮아.

두려움은 다른 얼굴을 한 채 모든 곳에 살고 있다. 결국 우리는 그 많은 두려움 중의 하나를 선택해야 한다. 그중에서 나는 낯선 길을 가보는 두려움을 선택했다.

나는 질풍노도의 시기를 다시 겪고 있다고 생각한다. 어떻게 살아야 할지, 내 길은 어떤 길인지, 나는 괜찮은 인간이 되는지, 그렇게 되고 싶은데 될 수 있을지 같은 물음들이 사춘기, 청년기의 고민에 이어 '버전 2'로 진행되고 있다.

나는 이 새로운 버전이 시작될 때 이것을 정말로 하고 싶은지 선택해야 했다. "버전 2를 시작하시겠습니까?"라는 질문 창이 떴을 때, 건너뛰기를 누르고 하던 게임을 그대로 계속할 수도 있었다. 그냥 살던 대로 살고, 하던 대로 할 수도 있었다.

내가 버전을 올려 이 수수께끼 같은 게임을 해보려는 이유는, 그리고 시도 때도 없이 올라오는 두려움들에 굳이 맞서보려는 이유는, 그것만큼 큰 다른 두려움을 깨달았기 때문이다. 한 두려움에 다른 두려움이 맞서게 되어서이다.

나는 내 가슴속에 꿈틀대는 다른 가능성을 열어보지도 못하고 이 생을 끝내게 될까봐 그게 가장 두렵다. 마지막 순간을 그런 후회로 맞을까 두렵다. 아무것도 돌이킬 수 없는 순간에 가서 왜 용기를 못 내었냐고 자책할 것이 두렵다. '나'라는 큰 바다를 탐험해보고 싶지만 두려움에 갇혀 지금의 작은 섬 위에서만 계속 머물게 될 것이 싫다.

나는 내가 가진 씨앗 중의 일부를 꽃피워 보았지만, 나머지 부분들을 마저 키워보고 싶다. 나를 이해하고 구석구석 탐험하면서 나의 전체로서 살아보고 싶다.

　　나에게는 용기가 조금 더 필요할 것 같다.

자연스럽게 나와 나의 인생을 돌아보는 시간이 되었다.

실감이 나지는 않지만 내게 허락된 이 세상에서의 시간 중 절반을 나는 이미 사용해 버렸다. 그렇다면 "나머지 반은 어떻게 살 것인가?"가 나의 질문이었다. 여태까지는 세상의 성공 강령에 따라 살아왔다면 이제는 거기서 자유롭고 싶었다. 우선 내 속에 어떤 열망들이 있는지부터 귀 기울여 들어보려 했다.

인생을 여행에 비유한다면 이제 다른 곳으로 떠나볼 시간이라고 생각했다. 줄곧 내 안에 있었지만 여태 걸어보지 못한 길 중에 하나를 꼽아 가보고 싶었다. 회사원으로서 20여 년을 살았으니 이제 다른 정체성과 다른 방식으로도 살아보겠다고 생각했다.

다수가 택한 삶의 방식이 아닐지라도, 혹은 돈을 적게 벌거나 세상에서 대단치 않게 생각하는 일일지라도 받아들일 수 있을 것 같다. 나는 경제적으로 내 기준의 베이스라인을 마련하였고, 나름 스펙터클한 라이프스타일로도 한번 살아보았으니 이제는 작고 단순한 삶이어도 괜찮을 것 같았다. 내 안의 열망과 가능성에 부합하는 것이라면 무엇이든 일단 겁먹지 말고 들여다보자고 스스로에게 말했다. 이렇게 말은 하지만 사실 나를 안심시키고 설득시키는 일은 쉽지 않았다.

스스로에게 자유를 주었는데도, 생각이라는 녀석은 원래의 행동반경에서 아예 꼼짝도 하지 않았다. 깊이 묻어두고 모른 척해 오던 내밀한 소망들이 있다면 이제 하나씩 기억해 내겠다고 다짐을 반복해도, 나는 아무것도 떠올릴 수 없었다. 두려움이 계속 발목을 잡는 바람에 여차하면 예전에 가던 길을 그대로 따라갈 것 같았다. 이런 나 자신에게 크게 실망하여 지내다가 차츰 알게 되었다. 내가 사실은 잔뜩 겁에 질려 있다는 것을.

다행스럽게도 오래 써온 일기를 들추어보면서 모색해 보고 싶은 한두 가지를 건져올리는 데는 성공했지만, 온갖 이유와 핑계로 내가 겁에 질려버리는 일은 계속 반복되었다.

그러다 문득 철학하시는 최진석 교수의 '나는 누구인가?' 강의가 생각났다. 몇 년 전이었는데 내 눈을 번쩍 뜨이게 만든 강력한 메시지여서 일기장에 메모해 두었던 것을 다시 읽었다.

사람 나이 사십(40).

스스로 사건을 일으켜야 한다.

이제껏 누군가의 세계를 배워왔다면 이제는 나의 세계를 세울 때이다.

나의 세계를 세운다. 사건을 일으켜야 한다. 내가. 바로 지금.

그렇다. 그래야 한다. 그런데 나는 망설인다. 무엇을 망설이지? 왜? 나는 또다시 누군가의 세계, 다른 사람이 세운 생각과 울타리 속에서 살기를 원하는 걸까?

나는 나 스스로에게 끈질기게 질문했다. 포기하지 않고 계속되는 '왜 안 되냐?'는 질문에 결국 대답이 돌아왔다. 내 마음속의 어린아이가 눈치를 잔뜩 보면서 무섭다고 말한다. 그리고 '아직은' 준비가 안 되었단다.

아직……이라니. 나는 마흔일곱 살이나 되었는데. 뭔가 잘못되었음에 틀림없다.

이렇듯 나와의 힘겨운(혹은 힘 빠지는) 씨름을 하고 있을 때 어떤 이의 인터뷰를 읽었다. 새로운 분야에서 본인만의 가치를 발휘하며 살아가는 분이었는데 글이 재미있게 읽혔다. 마지막에 그 사람의 이름 옆에 붙은 나이를 의미하는 숫자가 눈에 들어온다. 내 숫자보다 적다. 나보다 어리다. 순간 정지. 잠깐만……

나는 이 사람이 나보다 나이가 많을 것이라고, 당연히 그럴 것이라고 지레짐작했었다. 그러면서 마음속으로 '언젠가는 나도' '나중에는 나도' 따위의 상상을 하고 있었던 것이다. 나는 사회 속에서 자신만의 길을 찾고 새로운 삶을 시작하는 사람들의 나이가 내 나이쯤이거나 갈수록 점점 어려진다는 것을 안다. 머리로는 알고 있는 사실이다. 그러나 내 안에 그것에 대한 철저한 인식은 없었다. 나의 세계를 세우는 일을 미루기 위해, 혹시 두려움과 맞설 용기가 없어서 인식을 거부한 것은 아닐까?

물음이 꼬리를 잇는다. 나를 따르는 숫자가 60이 되었을 때도 혹시 나는 같은 생각을 하고 있지는 않을까? 여전히 미숙하고 무서운 것이 많고 '아직' 충분히 준비되지 않았다고 말할까? 그러고서는 내 앞에 놓인 새로운 생각과 세상 앞에서 계속 뒷걸음치고 있을까?

이런 각성이 도망갈 준비만 하던 나를 멈춰 세웠다. 지금 내가 느끼는 모르는 길에 대한 두려움보다 그저 미루기만 하다가 맞게 될 모습이 훨씬 더 무서워졌다. 내 안에 살고 있는 겁 많은 어린아이가 계속해서 인생을 인도하도록 할 수는 없을 것 같다.

내면의 안내자를 탐색하다가 마침 그녀를 떠올렸다. 변덕스런 마음과 완고한 에고 사이에서 묵묵히 나를 지지하던 내 안의 탐험가 말이다. 새로운 길을 떠날 때는 완전히 새로운 안내자가 필요할 것이다. 그리고 이제 그녀(새로운 안내자)는 용기나 지혜, 호기심같이 제대로 선보인 적이 없는 내 안의 비밀 무기들을 새로 꺼내 와야 할 것이다.

한동안은 무서워하는 이 작은 아이를 안아서 달래주어야 한다. 너무 걱정하지 않아도 된다고, 나는 생각보다 강하다고 반복해서 말해줄 것이다.

오늘도 종이를 꺼내 내 이름을 쓴다. 그 옆에 숫자를 쓰고 가만히 바라본다.

탐험하기 딱 좋은 나이라고, 내 안의 어린아이에게 말해준다.

무빙 세일
두 번째 박스

우리는 '언젠가 상
자'를 살아있을 때
수시로 열어서 확인
하고, 끊임없이 물
어야 한다. 이것의
언젠가는 언제인가
냐고. 중요한 것은
그를 정직하게 바라
보는 것이다.

「나」라는 가능성

나에 대해 호기심이 많았다.

내 속에 뭐가 들었는지,

그것들은 나중에 무엇으로 될 것인지 궁금했다.

좋은 것과 나쁜 것은 물론이고, 잘하는 것과 못하는 것,

마음이 이상하게 쏠리는 것과 그렇지 않은 것들이

내 안에서 저절로 나뉘는 것도 신기했다.

나는 하나의 거대한 씨앗 같다고 느꼈는데,

내가 아는 것은 그 씨앗의 아주 작은 부분에 불과했다.

그것이 늘 아쉽고 답답했다.

내면으로 잠수해서 들어가

내 속에 든 것들을 실컷 구경하는 상상을 해본다.

그 속에 몇 가지 얼굴들이 들었을지

상상만으로도 가슴이 뛴다.

이 탐험으로 찾아낸 가능성의 씨앗들을

작은 화분으로 싹 틔워보고 싶다.

나는 한 번의 생을 살지만

하나의 모습으로만 살지 않기로 한다.

언제부터인가 나는 다소 터무니없는 믿음 하나를 간직해 왔다. 바로 내 안에 어마어마한 재능이 봉인되어 있다는 믿음이다. 발견되는 날 세상 사람들을 깜짝 놀라게 만들 그런 재능. 그것이 발견되는 미래의 그날을 몰래 상상하곤 했다. 생각만 해도 웃음이 나고 기분이 좋아졌다. 물론 조금 허무맹랑한 것 같기도 했다. 당연히 누구에게도 이야기하지 않은 나만의 비밀이다.

2007년부터 2009년까지 미국 포틀랜드 나이키 본사에서 근무했다. 아시아 태평양 지역 러닝 브랜드 디렉터Asia Pacific Brand Director for Running. 한국 나이키에서 마케팅을 하고 있다가 운 좋게 나이키 5년차에 미국 본사에서 근무할 기회가 왔다.

미국에서 근무하는 동안 소심쟁이 완벽주의자인 나는 늘 조마조마한 마음으로 살았다. 모르는 것이 많아 불안했기 때문이다. 빨리 그 모르는 상태를 벗어나고 싶어서 정말 열심히 노력했다.

무엇보다 언어의 그림자가 컸다. 그것은 내 일상의 구석에 숨어 있다가 가장 난처한 순간에 불쑥 고개를 내밀곤 했다. 미국에서 영어로 회사 생활을 하는 것, 출근해서 퇴근할 때까지 회사의 일상에서 일어나는 크고 작은 모든 일을 영어로 해결하는 것, 회사에서 맡은 내 역할과 책임을 영어로 수행하는 것, 그것도 한번 잘해보는 것…… 그 모두는 생각보다 훨씬 큰 과제이자 스트레스였다.

여러 나라에서 참석하는 컨퍼런스 콜에 들어가서 까다로운 질문을 받거나 복잡한 설명을 요구받을 때에는 곤혹스러웠다. 나에게 답변을 요청했는데 질문 자체를 제대로 이해하지 못한 때에는 자괴감이 들었다. 의사 발언은 고사하고, 주장과 의견 많은 사람들 틈에서 그 빠른 대화들을 놓치지 않고 따라가는 것 자체에 엄청난 집중이 필요했다. 사무실에 남아 야근 같은 걸 하지 않는 미국 근무에서도 집에만 돌아오면 녹초가 됐다.

나이키의 브랜드 팀은 프레젠테이션을 해야 할 일이 많았다. 소비자에 대한 이해와 브랜드 전략이 가장 먼저 세워져야 나머지 플랜들이 뒤따르기 때문이다. 3개월마다 각국의 커머스 및 브랜드 디렉터들과 핵심 실무 팀들이 미국 본사를 방문했는데, 지역 본부 팀끼리 모여 같이 전략을 이해하고 세부 액션 플랜을 짜는 시즌 미팅 때문이었다.

나는 글로벌 전략을 토대로 우리 지역 본부에 맞는 브랜드 플랜을 만든다. 보통 15분 분량에 맞춰 프레젠테이션 페이지를 만드는데, 나이키 스타일은 큰 화두와 콘셉트를 중심으로 하되, 슬라이드는 간결하고 인사이트풀하게 구성한다. 그래서 사람들은 화면을 읽는 대신 프레젠터에 집중한다. 몰입도도 좋고 임팩트도 훨씬 크다.

처음 입사했을 때, 세상에 말 잘하는 사람은 모두 나이키에 있는 줄 알았다. 미국 본사에 와서는 더 말할 나위가 없었다. 그들이 말이라는 칼을 다루는 방식에 완전히 매료되었고, 이 회사와 이곳의 사람들을 더욱더 존경하고 좋아하게 되었다. 문제는 그것을 내가 해야 하는 것에 있었지만 말이다.

시즌 플래닝 미팅과 같은 큰 프레젠테이션을 앞둔 전날에는 거의 밤을 새우곤 했다. 슬라이드를 구성한 후에는 스크립트를 여러 번 쓰고 고친다. 그러고 나면 그것을 소리 내어 말로 연습하면서 퍼블릭 스피킹에 더욱 효과적인 방식으로 수정한다. 더 훌륭하게 표현하기 위해 비유를 끌어오거나 인용문을 사용하는데, 가장 좋은 레퍼런스를 찾고 관련 사실과 정보를 재확인한다. 여기에다 적절한 유머를 섞지 않으면 안 된다. 나 같은 초보자는 한 번 정도 시도한다.

쇼 타임.

300여 명이 들어찬 컨퍼런스 룸. 크게 심호흡하면서 무대에 오른다.

준비했던 내용들이 큰 막힘 없이 전달되고 있는 듯하다. 긴장이 사라지면서 오늘은 유난히 몰입이 잘된다고 느낀다. 마음의 안정감이 느껴지자 어둠 속에서 사람들의 모습이 하나씩 눈에 들어오기 시작한다. 청중들의 시선과 의식이 자연스럽게 나를 따라오는 것 같다. 사람들과 내가 연결되어 있다는 미묘한 느낌이 든다.

나와 눈을 맞춘 몇몇 사람은 내게 화답하듯 고개를 끄덕여준다. 그것이 힘이 되어 마지막까지 큰 실수 없이 내 파트를 끝냈다. 왠지 오늘은 좀 잘한 것 같다. 무대에서 내려오니 같이 준비한 우리 팀원들이 하이파이브를 해준다.

"Hey, amazing job. You did so great. Fantastic!"(우와, 오늘 최고. 진짜 너무 잘했어.)

여기는 미국. 칭찬은 인사의 중요한 부분이지만 오늘은 좀 유별나다고 생각한다.

마지막에 하이파이브를 해준 사람은 나의 보스, 러닝 부문 비즈니스 GM이다. 큰 미소를 담아서 나를 허그해 주었다. 그러고는 말했다.

"You have a great talent, Jackie. You naturally draw people's attention. When you get on the stage, people listen. This is a really really great thing."(재키에게는 진짜 훌륭한 재능이 있어. 사람들을 끄는 그런 힘이 있어. 그래서 무대에서 재키가 하는 말에 자연스럽게 귀를 기울이게 돼. 그거 진짜 근사한 능력이야.)

잠깐. 뭐라고? 지금 내가 무슨 말을 들은 거지?

내가 사람들을 듣게 만드는 재능이 있다고?

사람들이 내 말을 듣는다고?

영어로 했는데도 말이지? 나한테 한계 지어진 이 언어로 말했는데도 말이지?

여기는 나이키인데.

세계 최고의 프레젠터와 스피커들이 모인 곳인데.

우와, 뭐야. 나 여기 사람에게 인정받은 거야? 지금? 진짜?

엄청난 사건이 벌어졌다. 무슨 일이 일어났냐고? 방금 나는 그 전까지 드러나지 않았던 재능 하나를 처음 발견하고 축하받았다. 나의 판타지가 실제로 이루어진 역사적인 순간이다. 내 나이 서른다섯, 드디어 봉인 하나가 해제된 것이다.

여태껏 내가 무엇을 잘하고 어떤 재능이 있는지를 누군가가 이렇게 구체적으로 말해준 적은 없었다. 진심을 담은 그의 눈을 보면서 나는 이것이 사실이고 내 재능은 진짜라는 것을 확신했다.

내 안에 이 가능성이 있다는 사실을 나는 어쩌면 오래전부터 알고 있었는지도 모른다. 다만 내가 스스로 그것을 확인하고 꽃 피울 시간을 기다리고 있었던 것 같다. 오늘 마침내 고마운 안내자가 나타나서 그 사실을 상기시켜 준 것이다.

한 인간의 진정한 가능성이란 무엇일까? 우리는 스스로의 가능성과 재능을 얼마나 알아차릴까? 그리고 인생을 통해 그 가능성의 씨앗을 얼마만큼 싹틔울까?

재능을 깨닫고 또 축하받는 것은 정말 멋진 일이다. 그것은 인생의 초반기에 부모나 교사에 의해서만 발견되는 것이 아니었다. 재능이란 인생의 전 과정을 통해 알아차릴 수 있고 계발시킬 수 있는 것임을 체험으로 직접 알게 되었다.

내가 새로운 재능을 발견하고 축복받게 된 그날 이후로 많은 것이 변했다. 말은 여전히 완벽하지 못하지만 그래도 자신감이 붙었다. 언어 자체가 전부가 아니라는 것을 진심으로 믿게 되었다. 사람이 갖는 내부의 에너지, 전달하려는 의도와 진심, 기교를 넘어서는 메시지 자체의 힘과 그것의 울림이 진짜 가치임을 믿고 깊이 공감했다.

나의 재능을 발견하고 그것을 믿음으로써, 나는 스스로를 위축시키는 많은 감정들과 여전히 싸우면서도 자존감의 빛을 꺼트리지 않고 버텨낼 수 있었다.

이제 회사를 떠났고 그때보다 훌쩍 더 나이를 먹었지만, 나는 여전히 오래전부터의 그 비밀스런 꿈을 간직하고 있다. 앞으로 발견되기를 기다리는 내 안의 다른 가능성들을 알아차리려고 더 면밀히 관찰하면서 산다. 두려움과 자기 불신에 끌려 다니느라 쓸데없이 많은 시간을 허비하지 않겠다고 다짐하고 설렘을 이어가고 있다.

　나는 다음 봉인이 해제될 날을 기다린다. 어쩌면 이번에야말로 정말 세상을 깜짝 놀라게 할지도 모른다.

"엄마, 자식들 장단점 하나씩만 얘기
해 주라."

내가 우리 엄마랑 나눈 이 이야기를 해주면 사람들은 의아해하
며 묻는다. 도대체 왜 가족들과 그런 짓(성격 유형 진단)을 하느냐고.

그냥 궁금했다. 친구들이나 직장 동료들하고는 자주 하는 장단
점 분석을, 개인으로서 가장 오랜 관계를 맺어온 엄마에게 물어보
면 재미있을 것 같았다. 어린 시절 내 의식과 성격이 형성되어 가는
과정을 모두 지켜본 엄마의 진단이 몹시 궁금했다. 어느 정신분석
의사보다 더 예리하고 믿을 만하다고 생각했다.

"나부터 얘기해 줘. 마음 편하게 장점부터."

"니는 쪼옥 바르다."

무슨 말인지 바로 알아들었다.

나는 원칙이라고 정한 것과 약속한 것을 지키는 일을 중요하게 여긴다. 누군가가 기본적인 것을 무시하고 원칙에 해당하는 선을 지키지 않으면 불같이 화가 난다. 아니 급속도로 마음이 얼어붙는다. 다른 사람이 가진 것을 부러워하거나 크게 욕심이 나지는 않는다. 못 가져서 혹은 꼭 가져야 해서 마음을 앓아본 적도 별로 없다.

공정한가는 내게 중요한 문제이다. 혹시 어떤 결정이 나나 나와 가까운 사람들에게 일방적으로 유리한 것은 아닌지 늘 살피는 버릇이 있다. 나는 나의 이런 면들이 꽤 마음에 든다.

"그렇구나. 그럼 단점은?"

"음…… 그기(그것이) 또 단점이다."

헐. 이 말도 나는 바로 알아들었다. 어떻게 이렇게 곧바로 이해가 되는지……

그 말은 내가 너무 꼿꼿하다 못해 유연성이 부족하고 다른 사람들을 불편하게 만든다는 말로 들린다. 우리 엄마가 가끔 무의식적으로 하는 표현을 빌면 나는 '교장 같은' 딸년이다. 소위 중도를 벗어났다 싶으면 부모에게라도 바로 그 자리에서 휘슬을 부는 자식이다.

앞에 놓인 길이 막히면 돌아가거나 두루두루 물어보아야 하는데, 일단 어떤 길을 어떤 방식으로 가겠노라고 마음을 먹은 후면 나는 무식하리만치 좀처럼 바뀌지 않는다. "세상 사람들아, 이게 바로 나야"라면서 죽을 만큼 버틴다.(세상 사람들은 큰 관심 없겠지만 말이다.)

내 관점에서 바르지 않은 행동이나 하고 싶지 않은 방식과 만날 때면 내부에서 거센 저항이 올라온다. 스스로 용납이 안 되는 일을 해야 할 때면 몹시 힘이 든다. 요약하자면 나는 좀 피곤하게 산다.

우하하.

선문답 같은 엄마의 대답이 재밌어서 한바탕 크게 웃었다. 엄마는 퍼뜩 정신이 든 것처럼 자리에서 일어났다. 동생들 것도 마저 얘기해 달라니까 "마, 치아라"(이제 그만두자) 하고 뒤도 안 돌아보고 손사래를 치셨다.

'장단점'과 같은 단어는 사회 생활을 하면서 많이 사용하게 되었다. 회사와 조직 속에 있는 동안, 지나치면 부정적이 될 수 있는 나의 경향성들에 대해서도 꽤 많이 알게 되었다.

몇 가지만 고백하자면, 우선 나는 모든 것을, 그야말로 '모든' 것을 생각한 후에 결정한다. 얼마나 징글징글한지 짧게 얘기해 주겠다. 나는 아주 사소한 결정조차도 정식 생각 과정을 거쳐야 하는 인간이다. 평소에 묻기 좋아하는 우리 GM이 어느 날 내 사무실에 찾아와서는, 여느 때와 같이 질문 하나 툭 던지고 바로 나의 답을 바라셨다. 별로 난제는 아니었던 걸로 기억하는데, 나는 조금만 생각한 후에 답변을 드리겠다고 했다. 성미 급한 그분이 그날은 용케도 그냥 받아들이시는 듯했다.

웬걸, 일어선다 싶더니 다시 폭풍 질문이 쏟아진다.

"아니, 이 질문이 그렇게 어렵나? 왜 생각할 시간이 필요하지? 혹시 나한테 바로 얘기하지 못할 이유라도 있는 것 아냐?"

"그런 것 아닙니다. 정말 조금만 기다려주시면 바로 의견 드릴게요."

"아니, 글쎄, 말을 해보라니까. 뭐야, 문제가?"

그렇게 옥신각신. 결국 내가 고백했다.

"전혀 문제가 아니구요, 사장님. 그냥 제 씽킹 프로세스thinking process가 이렇습니다. 누가 전화로 짜장면 먹을래 짬뽕 먹을래 물어보면, 저는 다시 전화하겠다고 하고 일단 끊어야 합니다. 2초 후에 전화해서 짬뽕이라고 말하더라도요. 저는 그렇습니다. 그 시간이 필요해요. 그 과정을 스킵할 수가 없어요."

대충 이런 식의 대화였다.(적고 나니 약간 코미디 같다.)

이 외에도 많다. 외부 상황이 좋지 않거나 내면의 균형을 잃었을 때 어둡게 그림자 지는 내 경향성들은.

예를 들면,

- 모든 것을 계획하고 시뮬레이션 하는 버릇. 그리고 그대로 안 되면 매우 불안해하는 성격,
- 뭔가 한다면(안 하면 모를까) 꼭 잘해야 한다는 강박,
- 누가 얼굴이 어두우면 내 탓인가 먼저 돌아보는 소심함(네, A형 맞습니다),
- 왠지 내가 다 해야 할 것 같은 무한 책임 의식,
- 몰입하면 심각하게 버벅거리는 멀티태스킹 능력(결국 더 많은 시간으로 때워야 하는 슬픈 현실) 등등.

불균형 상태가 심해질수록 나는 더욱 힘을 잃고 점차 상황이 나를 끌고 가는 주인이 된다.

굳이 자랑거리도 아닌 것을 장황하게 열거하는 이유는 이런 사람도 한 회사를 15년씩이나 다닐 수 있고, 심지어 꽤 잘 나가는 사

람이 되었다는 사실 때문이다. 큰 회사의 임원이라고 하면 흔히 대범하고 의사 결정이 빠르며 많은 일을 정확하고 냉철하게 처리하면서도 웬만한 스트레스 상황에서는 흔들리지 않는 뭐 그런 이미지를 떠올리지만 말이다. 그러니, 혹시 지금 자기 약점에 짓눌려 있다면 용기를 가지시라.

업무 스트레스 속에서 유난히 허우적거리고 있을 때의 일이다. 내가 아닌 상황이라는 것이 주인 노릇을 하는 날들이 오래 계속되고 있었다. 많아진 일과 복잡해진 상황을 (이럴 때는 특히) 도움이 안 되는 내 방식대로 살아내느라, 나는 거의 초주검 상태였다. 도저히 감당이 안 되어 나의 퍼스널라이프까지 몽땅 없애버렸는데, 다른 이들은 어떻게 이걸 죄다 해내는지 신기할 따름이었다.

사람들은 회의 시간에 어린이집과 아이에 관한 대화를 요령껏 주고받고, 5분 브레이크 동안에도 중요한 업무 약속이나 가족 저녁 시간을 잡고, 다음 회의까지의 20분 안에 리포트 하나를 뚝딱 완성한다. 식사하러 가서는 음식이 자신 앞에 차려지기 직전까지 코를 박고 그야말로 빛의 속도로 이메일 업무를 했다. 대박.

나의 저질 멀티태스킹 능력을 한탄하고 있을 때 누군가 이렇게 말해주었다.

"왜요? 제일 집중력이 뛰어난 분이시면서. 늘 집중해서 그래요."

그렇지…… 집중은 나의 힘. 몰입은 나의 특기. 그건 맞는 말이다.

나는 호흡이 길고 집중력이 좋다. 잘 지치거나 지루해하지도 않는다. 깊이 이해하는 편이고, 여러 질문들을 다양하게 연결하고 이어서 떠올린다.

멀티태스킹이 안 된다고 볼 수도, 지금 하는 일에 언제나 깊이 들어가 있다고 볼 수도 있는 것이다. 나의 어떤 모습이 결코 그냥 한 가지 모습일 수는 없다.

우리는 각자의 내면 안에 상황에 따라 일정하게 반응하는 경향성과 습관을 가지고 있다. 우리가 불안이나 스트레스의 상황에 놓일 때, 그중 몇몇 경향성은 미숙하게 사용되거나 부정적으로 모습을 드러내는 것 같다. 그래서 내가 현재 어떤 상태에 있는지를 인지하는 것이 매우 중요하다. 혹시 내가 감정과 스트레스에 짓눌려서 내면의 균형을 놓치고 있는지를 세밀하게 살펴야 한다.

상황에 매몰되면 그 상황이 주인이 되고, 우리는 자신의 경향성들이 고삐 풀린 말처럼 날뛰는 것을 스스로 제어하지 못한다. 그럴 때는 잠시 스스로를 상황 속에서 꺼내 와야 한다. 일단 장면에서 내가 사라지면, 신기하게 그 장면은 조금 전까지의 맹렬하던 힘을 잃어버리고 서서히 움츠러든다.

멈추고, 리듬을 끊고, 자신을 꺼내오고, 무심하게 바라보는 것. 아직 이 루틴을 몸으로 완전히 익힌 것은 아니지만, 생각날 때마다 스스로에게 상기시킨다. 아울러 기억한다. 지금 무겁게 드리운 이 어둠은 내가 균형을 다시 찾는 순간, 그저 기분 좋은 그늘이 된다는 사실을 말이다.

엄마가 말했듯 내 장점은 내 단점이다.

그리고 노파심에서 말해두지만, 내 단점은 곧 내 장점이다.

나는 그저 균형만 잘 살피면 된다.

고백하건대 나는 엄청난 지각쟁이다.

평생 지각하며 살았다고 해도 과언이 아니다. 룰과 원칙이 몹시 중요한 나에게 어떻게 이런 버릇이 들었는지는 미스터리다. 지각 습관은 중학교 때 시작되어 고등학교에 다닐 때 몸에 완전히 뱄다. 중학교는 버스를 타고 제법 긴 시간을 가야 하는 거리였지만 고등학교는 그야말로 엎어지면 코 닿을 데 있었으니, 지각과 거리에는 전혀 상관 관계가 없었다. 엄마는 매일 아침마다 느리기 짝이 없는 나 때문에 보통 속이 탄 것이 아니었다.

"늦었다. 빨리 일어나."

"10분만. 조금만 더 자고 일어날게."

"늦었다니까. 학교 시작 45분 전이야."

"괜찮아. 어차피 밥은 안 먹을 거야. 뛰어가면 돼."

30분 전에도 사정은 비슷하다. 아침밥은 당연히 건너뛸 것이고, 세수하고 옷 입고 준비해서 나가는 데 드는 시간은 내 계산으로는 10분이면 충분하다. 그리고 부지런히 뛰어가면 10분 내에 주파할 수 있다(고 생각한다).

나는 늘 시간이 충분하다고 했고, 엄마는 나의 계산법이 이해가 되지 않았다. 세상의 모든 지각생들은 자기만의 시간 계산법이 있다. 그리고 마음먹으면 모든 것을 빛의 속도로 해내기도(대부분 착각이지만) 한다. 우리의 세계에선 늘 아직 여유가 있다. 10분 후에 출발해도 학교 시간을 충분히 맞출 수 있을 것이다.

지각에 내려지는 처벌은 약간의 창피함과 신체적 고통이었는데, 그것은 견딜 만했다. 아침잠이 몹시 소중한 내게 아침을 서두르지 않는 것의 대가로는 결코 나쁘지 않았다. 우리는 어차피 너무 이른 시간에 학교에 가야 했고, 지나치게 늦은 시간까지 그곳에 갇혀 있어야 했다.

아침에 내가 놓친 것이라면 차고 넘쳐서 저분하기도 힘든 자율 학습이었는데, 내일도 있고 한 달 후에도 있고 내가 대한민국 학교에 다니는 동안 내내 있을 자율 학습 따위를 조금 적게 한다고 해서 아까울 것은 없었다. 학교 운동장을 뛰거나 개구리걸음으로 돌거나 하는 것쯤이야 식은 죽 먹기였다. 가끔 손바닥 같은 데를 한두 대씩 맞았는데 크게 아프지 않았기 때문에, 그것도 나의 느긋하게 등교하기를 멈추고 싶은 이유가 되지 않았다.

내 안의 은밀한 욕구 역시 이것의 공모자다. 나는 이미 충분한 규범 속에 살고 있으므로 굳이 모든 것을 세상이 정한 대로 지키고 싶지는 않았다. 나는 스스로에게 반드시 일정 부분을 일탈하라고 주문한 것 같았다.

지각의 몸 버릇은 대학 때까지 이어졌다. 그리고 사회 초년생 딱지를 벗어 긴장감이 살짝 사라지자 나만의 시간 계산법이 다시 부활했다.

나이키에서는 자유 출근제였고, 업무의 특성상 가장 중요한 것 두 가지를 지키면 되었다. 자기 할 일을 전체의 큰 타임라인에 맞추는 것과, 다른 사람들과의 약속된 미팅에 참석하는 것이었다. 남들과 같은 아침 시간대에 출근하지 않아도 되니 한동안은 나의 치명적 습관을 잊고 지냈다.

직급이 높아지고 책임이 많아지면서 마침내 문제가 발생했다. 회사에서의 역할이 매니지먼트에 가까워지면 점차 업무의 행태가 바뀐다. 이른 아침부터 있는 본사와의 컨퍼런스 콜로 시작해서 하루 종일 회의와 미팅을 한다. 부서장 대행을 하던 때였는데, 그날은 오전 9시에 GM이 진행하는 임원 회의가 있었다. 열두세 명쯤 모이는 한 시간짜리 주간 회의로, 부서별 주요 업무 내용을 공유하고 회사 전체의 현안이나 새로운 전략을 협의하기도 한다.

그날도 어김없이 늦었다. 내 시간 계산과 달리 나는 회의 시간 2분 전에야 주차장에 도착했다. 전속력으로 달려가 엘리베이터 버튼을 눌렀지만 한참을 기다려야 했다. 거기서 5분이 더 늦어졌다. 드디어 엘리베이터 탑승. 전광판에 숫자가 더해져가는 속도는 너무 느리다. 숨을 참으면 혹시라도 더 빨라질까 싶은지, 나는 얕은 숨마저 자주 멈추게 된다. 빛의 속도로 가방을 내 자리에 던져놓고(차마 가방을 들고 바로 회의실로 갈 수가 없어서) 회의실 문을 연 시각이 9시 9분. 출입문 가장 가까이에 있는 의자에 최대한 소리를 죽여서 앉는다. '휴우' 하고 안도의 숨을 쉬고 나면, 이내 찝찝하고 불안한 마음이 올라온다.

GM이 잠깐 쏘아보는 눈빛을 보냈지만 이내 회의를 진행했다.

이틀이 지나서 GM과의 일 대 일 시간에 들어갔다. 팀과 업무에 대해 따로 보고하거나 논의할 사항을 가져가서 이야기하는 대단히 친밀하고 또 어려울 수 있는 시간이다. 커다란 사장실에는 사장과 나 두 사람만 있다. 10분 정도 간단한 브리핑을 했다. 나는 아직 정식 임원도 아니었고, 몇 번 해보긴 했어도 여전히 이런 일 대일 자리가 매우 낯설었으므로, 최대한 짧게 끝내고 나오고 싶었다. 내 말이 끝나기를 기다린 사장이 나를 가만히 바라보았다. 시선을 느끼고 긴장했다. 뭔가 있구나. 올 것이 왔구나.

"어떻게 얘기를 해야 할지 생각을 좀 해봤어."

회의 시간에 늦는 나에 대한 얘기라는 것을 직감했다.

"그저께 아침 회의에서 사실 바로 한마디 하고 싶었는데 참았어. 따로 얘기하는 게 나을 것 같아서."

일단 참아준 것에 감사했다. 불같은 성미를 가진 GM은 가끔 물불 가리지 않고 분노를 표출할 때가 있었는데, 그때 걸리면 정말이지 곤란하다. 그건 고등학교 운동장을 뺑뺑이 돌던 때의 창피와는 비교도 안 되는 일일 것이다.

내 사회 생활 경력이 얼만데, 이 시점에 사장이라는 존재에게 '지각'이라는 것에 대해 지적을 받아야 한다니 쥐구멍에라도 숨고 싶었다. 어떻게든 상사에게 자신을 어필할 수 있는(어필해야 하는) 이 황금 같은 시간에 스스로 믿기도 힘들 만큼 수준 낮은 대화를 나눠야 할 참이다. 아앗, 지각이라니. 그것도 나이가 자그마치 마흔이 넘어서 말이다. 머릿속이 하얘지고 너무 창피해서 제발 시간이 빨리 갔으면 하고 빌었다.

사장은 왜 늦느냐고 묻지 않았다. 얘기도 길지 않았다. 그는 자신의 감정에 대해 털어놓았다. GM이 직접 주재하여 회사의 리더들이 모두 한 자리에 모이는 중요한 시간에 이제 갓 초대받은 내가(더군다나 정식 임원도 아니면서) 매번 회의가 시작된 후에야 나타나는 것을 보고 본인이 어떤 기분이 드는지에 대해 말했다. 그는 나의 행동이 그곳에 있는 임원들을 비롯해 GM인 자신까지도 인정하거나 존중하지 않는다는 신호로 읽힌다고 했다. 가끔은 자신의 팀 앞에서 창피를 당하고 있다고 느껴진다고 했다.

짧은 그 몇 마디 말이 그때 내 안의 무엇인가를 건드렸다. 그 말들은 마치 바람이 통과하듯 내 안 깊은 곳까지 훅 하고 내려갔다. 내 온몸이 메시지를 접수한 것 같았다.

나에게 지각이란 단순히 내가 감수해야 할 어떤 것이었다. 내가 자율 학습에 늦고 수업에 늦게 들어가면 내가 그 시간만큼의 손해를 감수한다고 생각했다.

그런데 나의 늦음이 다른 사람에게 어떤 신호를 보내고 어떤 영향을 끼치는지는 그날까지 알지 못했다. 나는 입을 열어 말하지 않았지만 행동으로 신호를 보낸 것 같다.

'나는 당신 신경 안 써요. 사장이라고 해서 굳이 잘 보이고 싶지도 않다구요. 그런데 회의는 도대체 왜 이렇게 이른 시간에 하는 거예요, 쓸데없이……'

예를 들면 이런 신호 말이다.

20년이 넘게 이어온 나의 '아침에 늦게 나타나기' 습관은 다소 싱겁게 사라졌다. 그 이후로 나는 9시 미팅에 늦지 않았다. 나는 완전히 이해한 것 같았다. 나도 다른 사람들과 똑같이 그 시간에 나타나야 하는 이유를 이번에는 제대로 받아들인 것 같았다.

그 전에는 스스로 마음도 먹어보고 주위에서 지적을 받아도 바뀌지 않던 습관이었다. 내가 그때 프로페셔널리즘에 대한 설교나 회사에서의 평가에 근태가 끼치는 영향과 같은 흔한 이야기를 들었더라면, 어쩌면 나의 지각 버릇은 잠시 소강 상태를 거친 후 계속되었을 수도 있다.

예전에 많이 듣던 실랑이가 떠오른다. 공부 안 하는 자식에게 (한 어른이) 잔소리 할라치면 (다른 분이) 내버려두라고 말린다. 본인 스스로 해야겠다고 '딱' 마음이 서면 달라진다고, 그 전에는 별 소용없다고. 나에게 바로 이런 일이 일어난 것이다.

여러 번 마음먹는 데도 불구하고 잘 안 되는 일이 있더라도 너무 좌절하지는 말자. 어쩌면 아직 당신의 결심이 당신을 제대로 승복시키지 못했을지도 모른다. 당신 마음이 일어나면 바뀔 수 있다.

당신이 진짜 마음을 먹으면 아무도 말릴 수 없다.

회사 생활중에 만난 C는 의욕이 넘치고 자기 주장이 강했다. 생각하고 믿는 것을 눈치 보지 않고 솔직하게 얘기했다. 정확하게 알 수 있으니 나는 그 점이 좋았다. 그런데 문제는 자신을 표현하거나 다른 사람들과 의견이 다른 상황을 풀어갈 때 그 방식이 거칠고 스킬이 부족하다는 점이었다. C가 지나간 자리는 늘 크고 작은 부상자(?)가 생겼다.

어느 날 또 사건이 벌어졌는데 내 귀에까지 바로 소문이 들렸다. 이번에는 제법 큰 사고인가 보다 했는데, 아니나 다를까 그 팀의 대표자가 메일을 보내왔다. 수신자는 C와 C의 매니저인 나까지 두 사람이다. 최대한 감정을 누그러뜨린 것이 느껴진다. 그 사람 입장에서 보이는 대로 쓴 내용이겠지만, 어쨌든 이것을 알림으로써 일을 매듭지으려는 의도가 보였다.

C를 불러다 한번 이야기를 들어봐야겠다 했는데 그새 C의 답메일이 뜬다. 뒤로 물러서거나 이대로 덮을 생각 없음이 분명하다. 보내온 메일에 담긴 상황의 이해가 자신과 달랐을 것이고(십중팔구 그렇듯이), 또 상사에게 이렇게 알려진다는 것도 기분 좋지 않았을 것이다. 당연히 휴전도 물 건너갔다. 아니나 다를까 또 저편에서 받아치는 메일이 온다. 다시 시작인 거다. 에휴.

C를 곧바로 불러서 우선 다시 답장을 하지 않게 단속한다. 객관적인 내용을 다투는 것이 아니라 이미 감정 싸움에 들어왔기에, 오래 남는 글과 메일을 이렇게 사용하는 것은 어리석은 일이 될 것이다.

얘기를 해보라고 했다. 본인이 믿는 바를 추진해 나가는 데 있어서 아무도 도와주지 않는 것 같은 좌절감을 느끼고 있었다. 의욕은 앞서고 마음은 급해져서 그냥 자신의 방식으로 밀어붙이기로 한 모양인데, 이제는 사람들과 부딪칠 때 강도가 더 세어진 것 같았다.

원하는 것이 있으면 그것을 구하는 방법에 대해 좀 더 시간을 들여서라도 고민해 보라고 충고했다. 그냥 직진해서 밀어붙이는 강한 방법만이 능사는 아니었다. 동화에서 읽은 것처럼 나그네의 외투를 벗기는 데 성공한 것은 거센 바람과 억센 비가 아니라 결국 포근한 해였으니 말이다.

갈등이야말로 사람들이 가장 재미있어하는 이야기이니만큼 C와 관련된 많은 에피소드들이 회자되었다. 그러면서 내용은 사라지고 그 껍데기만 남았다. 정작 무엇이 이슈였고 어떤 다른 관점을 놓고 다투었는지는 중요하지 않았다. 사람들의 기억 속에는 C의 거칠고 센 말들과 해프닝들이 쌓여갔다.

그때 가장 걱정이 되었던 것은 C의 방식이 고착화되면서 그에 따른 평판과 이미지가 만들어진다는 사실이었다. 평판이라는 것은 진실truth이 아닐지 모르나 현실reality임에는 틀림없다.

C는 많은 하드 스킬을 가졌음에도 미숙한 소프트 스킬로 자신이 가진 것을 충분히 살리지 못하는 사람 같았다. 본인 스스로도 소프트 스킬을 중요한 능력과 가치로 여기지 않았다. 자신의 계획이나 논리 등을 현실화하기 위해서는 시간과 인내를 가지고 설득하고 협상하는 것이 필요하고, 그 과정에서 다른 이들의 이해와 공

감, 그리고 커뮤니케이션 능력이 요구된다는 사실을 쉽게 받아들이지 못했다.

그러니 일의 진전을 이루려면 싸워서 쟁취하는 수밖에 없었을 것이다. 회사에서의 일상과 사람과의 모든 만남이 이겨야 할 전투가 되어버리는 상황. 상상할 수 있는 가장 빡센 회사 생활이었을 것이다. 설령 그 전투에서 백전백승을 했더라도 무슨 소용이 있을까? 그와 그 주변에는 상흔이 가득한데 말이다.

사회 및 조직 생활을 하는 데 필요한 능력을 묻는다면 나는 하드 스킬과 소프트 스킬이 모두 요구된다고 생각한다. 사람과 조직을 이끄는 리더의 꿈을 키우고 있거나 커리어를 통해 큰 성취를 이루고 싶은 사람이라면 두 가지 능력을 균형 있게 키워야 한다. 아울러 우리가 누군가를 리더로 선택함에 있어서도 이 두 가지를 반드시 같이 살펴야 한다.

아직도 능력이라고 하면 하드 스킬 중심으로 생각하는 사람이 많다. 하드 스킬은 신체로 비유하자면 큰 근육과 유사할 것이다. 많은 전문 지식들이 여기에 해당하고, 논리적으로 추론하고 생각하고 기획하고 분석 리포트하는 등의 능력과 자질도 여기에 들어갈 것이다. 우리 눈에 보이는 회사에서의 굵직굵직한 일들은 이 하드 스킬을 통해 만들어진다.

소프트 스킬은 작지만 정교한 근육들이다. 전반적인 커뮤니케이션 능력이 이에 해당하고, 이해와 공감 능력, 비전을 만들고 제시하는 능력, 설득과 협상 같은 스킬도 여기에 속하는데, 한마디로 타인과 세상에 자신을 연결하여 영향을 행사하는 능력이다. 소프트 스킬은 하드 스킬을 사회 속으로 가져와 현실화시키고, 더 높은 곳으로 쏘아 올리는 발사대 역할을 한다.

내가 조직의 일원이었을 때에는 사람을 이해하고 영감을 주고 새로운 경험으로 이끄는 것이 분명 중요한 화두였다. 회사를 벗어난 지금의 나에게도 과연 이 능력은 의미가 있을까, 여전히 유용한 자질일까 잠시 생각해 보았다.

소프트 스킬은 우리 안의 내재된 능력 중에 특히 사람을 감각하는 데 탁월한 도구이다. 정서와 감정을 건드리며 인간의 내밀한 곳으로 바로 가 닿는다. 우리가 자기 안의 가능성들을 발견하는 예민한 감각 역시 바로 이 부드럽고 섬세한 스킬에서 비롯된다.

소프트 스킬은 우리 안의 인간에 닿아 마음을 일으키고 사건을 벌어지게 만든다. 우리로 하여금 가능성이라는 씨앗을 알아차리게 만들고, 자신의 두려움을 이해하고 또 다독이고, 결국 가능성

중의 하나를 싹 틔우기 위해 용기를 불러 모은다. 할 수 있다고 속삭여주며 자신에게 응원을 보내는 것도 잊지 않는다. 섬세하게 관찰하고 이해하고 독려한다. 우리의 마음속에 있는 작은 것들을 방관하지 않고 소중하게 돌보고, 그렇게 함으로써 결국 세상과 연결되어 쓰임이 되도록 만드는 보물 같은 기술이다.

마지막으로 한 가지만 덧붙이자면, 이 감성적인 기술은 분명 우리의 삶을 조금 더 인간적으로 만들어주는 것 같다. 모든 사람이 자신이 믿는 바와 해야 할 과제를 온 힘을 다해 밀어붙이는 세상에서, 눈을 맞춰 다른 이와 이야기하고 호소하고 설득하고 때로는 서로 울고 웃기면서 사람의 마음 간에 신비로운 연결이 이루어지는 순간은, 우리가 이 섬세한 자질을 지니고 있을 때만 비로소 눈앞에 드러난다. 그때 우리의 일상은 아마 조금 더 풍요로워져 있을 것이다.

인생의 휴지기를 갖게 되면서 우연찮게 마음에 오래 담아두었던 두 가지를 실행에 옮겼다. 하나는 요가 지도자 과정을 수료한 것이고, 다른 하나는 히말라야 트레킹을 다녀온 것이다. 뭔가 이루겠다는 마음으로 한 일이 아니었는데 큰 기쁨과 성취감이 찾아왔다. 생각지도 못한 사람에게서 불쑥 선물을 받은 기분이다.

이 선물은 마음 깊숙이 넣어둔 소망 상자를 여는 사람들에게 보내지기 위해 대기중이었던 같다. 어느 날 마법처럼 상자가 열리고 언젠가 꺼내어지기를 기다려왔던 작은 꿈들이 현실의 순간으로 펼쳐지는 날, 그 선물은 배달되었다.

인류의 소망을 타임캡슐에 담는다면 아마 그 타임캡슐의 가장 좋은 이름은 '언젠가'일 것이다. 늘 오래 기다려야만 하는 우리의 소망들은 시간의 장막을 가로지르며 날아가 이 단어 주위에 차곡 차곡 쌓인다.

- 언젠가 나는 그곳에 여행갈 거야.
- 언젠가는 이 일을 그만두고 아이들과 시간을 많이 보내는 엄마가 될 거야.
- 언젠가는 시골로 갈 거야. 내 손으로 자급자족하는 삶을 살 아볼 테야.
- 언젠가는 내가 좋아하는 사람들과 자주 만날 수 있는 날이 오겠지. 그때에는 집으로 자주 초대해서 같이 음식도 먹고 이야 기도 많이 할 거야.

삶이 우리를 속일 때 우리는 모두 속으로 '언젠가'를 되뇌며 묵 묵히 견뎌낸다. 어쩌면 사후의 천국이 필요 없을지도 모른다. 언제 든지 '언젠가'를 상상할 수만 있다면 말이다.

오랫동안 일기를 써왔다. 초등학교에 들어가면서부터 시작된 이 기록들은 살다가 어느 날이고 문득 들춰보는 재미가 있다. 내 마음과 숨바꼭질을 하다가 하루를 꼬박 투자해서 독파한 나의 오랜 기록들도 이 '언젠가'들로 가득 차 있었다.

우리는 모두 꿈을 꾸지만, 꿈꾸는 그 순간이 끝나면 그것을 다시 깊은 서랍 속에 넣어 잠가버린다. 조금 나은 케이스라면 잘 보이는 의식의 자리에, 예를 들면 일기 같은 곳에 '언젠가' 상자를 만들어 그 꿈들을 보관한다.

마음먹고 지난 25년치 일기를 몽땅 꺼내어 읽어보았다. 꼬박 하루를 같은 자리에 앉아서 나인지 혹은 이제는 내가 아닌지도 모를 일기의 주인과 마주했다. 한 인간의 성장기를 타임랩스로 돌려본 것 같았다. 그곳에서 나는 거칠지만 생생한 나의 생각과 욕망 들을 보았고, 일기 밖으로 좀처럼 꺼내본 적이 없는 소망들을 찾아내었다. 바로 '언젠가'의 상자들이다.

그런데 나는 그것들을 눈으로만 잠깐 보고는 다시 얼른 닫아버리고 말았다. 앞에서 썼듯이 나는 두려웠고 상자 속에 든 것을 꺼내볼 용기도 없었다. 슬쩍 보기만 해도 잘 안 될 것 같고, 말 그대로 언젠가는 꼭 해보고 싶지만, 적어도 지금은 때가 아닌 것 같았다.

아무에게도 말해본 적이 없는 내밀한 소망 중에 책 쓰기가 있었다. 나에게는 오래전부터 내 생각과 느낌을 담은 글을 책이라는 형태로 세상에 내고 싶은 마음이 분명히 있었다. 일기에 드러내 보인 내 진짜 마음이 틀림없었지만, 그것을 '언젠가' 상자에서 꺼내어 현실 차원으로 가져오는 것은 쉽지 않았다.

내가 타인에게 보여줄 글을 쓸 능력과 자격이 되는지는 차치하고서라도, 도무지 그걸 '지금 당장' 한다는 것이 어색하게 느껴졌고 마음이 불편했다. 정말 하고 싶다고 고개를 끄덕이면서도 '지금 당장'이라는 말에는 고개를 설레설레 젓는 나에게 물었다.

'그럼 언젠가는 도대체 언제쯤인 거야?'

마음은 내 질문을 못 들은 척 완전히 입을 닫아버렸다. 더 이상의 핑계나 반박도 없었다. 글을 쓰고 책을 낼 더 좋은 언젠가 따위가 없다고 판단되자, 나는 그냥 밀어붙여 보기로 했다. 그렇게 계속 묻고 흔들지 않았으면 아마 영원히 그 '언젠가' 상자 속에 살고 있었을 것이다. 그것이 익숙한 것에 계속 머물려고 하는 마음의 오랜 습관이니까.

드디어 결정적 순간이 왔다. 요가 센터에서였다. 어느 날 저녁 요가 수업이 끝난 후 탈의실에서 옷을 갈아입다가 우연히 옆 사람들의 대화를 들었다. 한 명이 글 쓰는 사람이었나 보다. 다음 책의 계획에 대해 대답해 주고 있었다. 나도 모르게 혼잣말이(거의 들리지 않을 소리로) 나왔다.

"나도 쓸 건데, 책."

드디어 내 마음이 확고하게 세워졌음을 알았다.

죽어서 천국 갈 때 가져갈 생각이 아니라면, 우리는 '언젠가' 상자를 살아있을 때 수시로 열어서 확인해야 한다. 그리고 스스로에게 끊임없이 물어야 한다. 이것의 언젠가는 언제인 거냐고. 정면을 응시하고 마음을 집중해서 나에게 물어야 한다. 그러면 마음은 대답한다.

자신과의 빡세지만 정직한 문답을 통과한 후에는 많은 것이 훨씬 수월해진다. 결국 가장 어려운 것은 자신과의 싸움이다. 가장 중요한 것은 나를 정직하게 바라보는 것이다.

요가 자격증을 따고 히말라야 트레킹을 했던 것처럼, 그냥 결과에 대해 거창하게 생각하지 않고 마음을 따라 한번 가보기로 한다. 지금은 그저 오래 원해오던 그 마음이 이끄는 대로, 차분히 앉아 내 속에 있는 이야기들을 최대한 글에 담아보려고 한다.

글이 완성되고 책이 나올 때쯤이면, 아마 이것이 왜 그토록 오래 나의 '언젠가' 리스트에 있었는지를 이해하게 될 것이다. 그때 또 다른 선물 하나가 내게 당도할 것이다. 다른 사람과 나누는 글을 쓴다는 것이 나에게 어떤 의미를 가지는지, 그 선물을 열어보면 분명히 알게 될 것이다.

무빙 세일
세 번째 박스

우리가 돈을 벌고
오늘 하루에 매진하
는 것은 고통을 줄
이고 행복을 늘이기
위해서다. 친구가 제
발 행복을 선택했으
면 좋겠다. 행복하고
싶다는 그 마음을
선택했으면 좋겠다.

당신을 위하는 좋은 선택

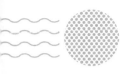

내 생각은 이렇다.

그것은, 즉 당신을 위하는 좋은 선택이란

고통을 줄이고 행복을 늘이겠다는 마음의 선택이고,

내가 할 수 있는 만큼, 하고 싶은 만큼 하는 것이며,

나를 이롭게 하는 몸과 마음의 습관을

새로 들여와서 길들이고

나에게 무익하거나 내가 좋아하지 않는 것들을

삶에서 제거하는 것이다.

나를 있는 그대로 받아들이기로 마음먹는 것이고,

그러고는 그런 나를 믿겠다고 선택하는 것이다.

인생이 게임이라면, 아마도 우연과 선택이

한 판씩 주고받는 랩 배틀 무대를 닮았을 것 같다.

운명은 자신의 차례에서 우연을 통해 내 삶에 개입한다.

내 차례가 돌아오면 나는 가장 좋은 선택을 내린다.

할 수 있는 한 최대한 나를 위하는 선택을 행해야 한다.

그것이 삶이라는 스테이지를 주도하는 최고의 방법이다.

지금 생각해도 참 신기한 일이다. 그저 열심히 살고 있다고만 생각했는데, 언젠가부터 일이 나의 모든 것이 되어버리는 순간이 왔다. 언제부터 어쩌다 그렇게 되었는지는 지금도 잘 모르겠지만, 차츰 모든 것이 역전되기 시작했다.

나는 나의 삶을 일하기 편한 방식으로 하나둘씩 바꾸어가기 시작했고, 얼마 되지 않아 내 일상은 일 최적화 모드로 완벽하게 세팅되었다. 집은 내일 회사를 가기 위해서 잠시 충전하는 공간이고, 밥은 일을 하기 위해 필요한 에너지 공급원이었다. 자동적으로 나의 개인 시간은 줄어들었다. 일단 회사 밖을 나오는 순간 너무 피곤했다. 이미 내가 가진 에너지의 백 퍼센트 이상을 사용했기 때문에, 저녁에 누구를 만나고 다른 무엇을 할 에너지가 내게 남아 있지 않았다. 일을 잘 매듭지어 놓고 조금이라도 더 편안한 마음으로 퇴근하려니 누구와도 약속 같은 것을 하지 못했다. 잘 의식하지 못하는 사이에 나는 밸런스를 완전히 잃어가고 있었다.

일은 또한 많은 것의 훌륭한 핑계가 되었다. 가족 행사에 가고 싶지 않을 때면 일 얘기를 했다. 모두 그게 더 중요하다고 맞장구 쳐 주었다. 피곤함을 핑계로 취미도 사교도 줄여갔다. 사람들에게 웃어주는 날이 점차 줄었지만, 그것도 스트레스 때문이니 모두 이해할 것이다.

그리 오래가지 못했다. 깨어져버린 삶의 밸런스는 결국 내 몸도 마음도 망가뜨렸다.

회사를 쉬고 회복기를 가지는 중에 오래 알고 지낸 친구를 만났다. 딱하게도 내가 앓았던 것과 비슷한 병(?)을 앓고 있는 친구였다.

유독 일과 맡겨진 책임 속에서 쩔쩔 매는 사람들이 있다. 자신에게 맡겨진 일을 잘 해내야 한다는 하나의 생각 안에다 자기를 가두어놓고는 힘들고 괴롭다고 한다. 회사와 팀의 목표를 위해 스스로를 철저히 희생하는 자신이 책임감 강하고 이타적이라고 생각한다. 높은 성취를 하려면 서로 닦달도 해야 하고, 치열하다 보면 때로 갈등도 생긴다고 말한다. 다른 사람이 속도가 느리거나 역량이 부족하면 내가 메운다는 정신으로 무장되어 있다. 괴로움으로 꽉 차 있는 얼굴이 내 눈에만 보일 리 없다. 항상 지쳐 있는 사람의 입에서 기분 좋은 에너지를 주는 말이 나올 리 없다. 그녀는 항상 진행중이고, 아직 부족하고, 더 해야 하고 전진해야 했다. 프로젝트만 있고 사람들은 사라졌다. 그녀 자신까지도.

친구는 자신이 속한 조직에 성과를 가져다주면서 그 안에서 자신의 역량을 더 키우고 인정을 받았을지는 모르지만, 안타깝게도 너무 많은 것을 잃고 있었다. 그녀는 사라졌다. 내가 알던 그 사람은 지금 온데간데없다. 그녀는 완전히 일 뒤에 숨어버렸다. 자신의 마음도, 정서도, 기분도, 그리고 다른 사람과의 인간 관계도 모두 일이라는 핑계 뒤에 세워놓고 있었다.

우리는 어느새 숨는 데 익숙해져 있다. 진짜 자신을 드러내지 않고, 사회의 거대한 약속 뒤에 자신의 감정과 욕구를 모두 감추어버린다. 솔직하게 자신을 바라볼 시기를 한없이 뒤로 미룬다.

대한민국에 살면 스무 살 전까지는 모두 대학 입시의 뒤에 숨는다. 성인이 되면 일, 승진, 인정, 뭐 그런 것 뒤에 숨는다. 행복지수가 낮은 것은, 우선은 자기의 상태와 자신의 욕구를 이해하고 행복을 추구하려는 마음 자체를 내지 않기 때문이다. 행복하겠다는 마음조차 세우지 않았는데 행복할 리가 없다.

옆에 서 있기만 해도 친구의 힘듦이 느껴진다. 얼굴은 까맣게 버석거리고 몸은 작은 자극에도 예민하다. 이 날카로움은 앞에 앉는 나에게도 전염될 것 같다. 그녀의 머릿속은 일이 완전히 터를 잡고 앉았는데, 잘 안 되는 일과 꼭 잘해야 하는 일들이 번갈아가며 상석에 앉는다. 스스로 짊어진 굴레가 무겁지만 그녀는 지금 악착같이 버티고 있다. 자기 자신을 지워버리고 본인의 인생 전면에 내세운 '일'이라는 것이 그녀에게 어떤 의미와 얼마만큼의 가치가 있는지를 한번 생각해 보라고, 나는 그저 몇 마디를 건네볼 뿐이다.

그녀는 행복하지 않다는 것을 인정했다. 행복이 어떤 감정이나 상태인지 모르겠다고 해서, 나는 만족감이라고 바꿔 다시 물어야 했다. 오랫동안 만족을 느끼지 못했다고 했다. 그렇다고 지금의 상태에서 벗어나야 한다고 생각하지도 않았다. 그녀는 고통과 스트레스에 매우 익숙해져 있었다. "힘들어봐야 죽기밖에 더 하겠어?"이러고 있다. 우리 모두 당연히 죽을 목숨인 건 맞다. 그런데 그 마지막 순간까지 뚜벅뚜벅 살아내야 할 삶을, 한 번밖에 없는 이 유일 무이한 순간들을 '굳이' 고통으로 채우셨다니 그건 무슨 바보 같은 선택인가? 그녀같이 똑똑한 사람이……

우리는 우리 삶의 주인이다. 일의 주체도, 회사를 선택한 주체도 바로 '나'이다. 주인으로서 내가 선택한 나의 직업과 삶의 방식이 오히려 내 주인 노릇을 한다. 주도권은 어느 순간 바뀌어 있을 수 있다. 내 경우에도 실제로 그랬다.

내가 경험했던 상황이니 정말 내가 도움이 될 수 있으면 뭐든 하고 싶다고 생각한다. 그런데 그녀의 마음이 먼저다. '힘듦을 멈추고 싶다'는 마음이 일어나야 한다.

우리가 돈을 벌고, 회사에 가고, 오늘 하루에 매진하는 것은, 고통을 줄이고 행복을 늘리기 위해서이다. 우리는 고통을 줄이고 행복을 늘리기 위해 매일 매일을 선택해야 한다.

친구가 제발 행복을 선택했으면 좋겠다. 행복하고 싶다는 자신의 그 마음을 선택했으면 좋겠다.

황상민 박사의 유튜브 채널을 구독하고 있다. 황상민의 심리상담연구소. 사람들이 보내오는 개인적 사연과 다양한 사회와 정치 이슈를 심리학적으로 접근해 새롭게 해석하고 더 나아질 수 있는 방법들도 모색해 보는 시간이다. 여기서 공개되는 개인 사연들은 사실 인간의 보편적인 고민들이다. 고민에 접근해 가는 '황심소'의 방법도 흥미로웠지만, 고민을 듣는 것 자체가 무척 재미있었다.

이 글을 쓰면서 다시 떠올려지는 사연이 있다. 사연을 보낸 사람은 세상이 정한 과제와 질서로부터 자유롭고 싶은 성격 유형을 가진 사람이었다. 황 박사가 개발한 성격 유형 프로그램에서 '아이디얼리스트Idealist'라는 프로파일에 해당하는 이 사람은 자신이 처한 현실 사회가 본인과는 잘 맞지 않아서 언제나 탈출을 고민한다. 그것에서 벗어나 자기답게 사는 새로운 현실을 만들려고 하지만 좌충우돌에 그칠 뿐 자신의 인생은 매번 같은 자리라고 느끼고 있었다. 아직 20대 후반의 친구였는데 옛날의 내가 떠올랐다.

가슴이 이끄는 본인만의 방식으로 자신의 세계를 만들어가고 싶지만, 그렇게 산다는 것은 현실적으로 매우 어렵고 막막한 일이다. 특히 학교를 졸업하고 이제 막 사회에 나왔을 때에는 그런 삶의 지향은 대부분 뜬구름 같기가 쉽다. 실체를 묘사할 수도 없고, 그것이 무엇인지 또 실제로 존재하는지조차 알 수 없으며, 현실적으로 딱히 찾을 방법도 없다.

성인이라는 이름으로 낯선 현실 세계 앞에 당도하면 우선은 생존하기 위해 어디든 문을 열고 입장하게 된다. 생계 걱정을 덜 수 있어 잠시 안심하는 순간 곧 난관에 부딪친다. 그곳의 생태계에서는 진짜 나는 항상 그대로인데, 만들어진 나는 놀랄 속도로 쑥쑥 자란다. '이건 아니야' 하며 퇴장을 선언하지만, 그렇다고 막상 향할 곳이 있는 것은 아니다. 그래서 입장과 퇴장을 반복하는 그녀의 이야기, 나의 이야기였기도 한 그것.

황 박사는 일명 '코스프레' 타임과 그 필요성을 언급했다. 우리는 현실 세계라는 조건과 한계 안에서 살고 있다고, 따라서 자신이 원하는 삶을 얻기 위해서는 현실 세계라는 틀 안에서 스스로 생존하는 힘과 경제력이 필요하다고 말이다. 그래서 최소한 5년에서 10년간은 묵묵히 무엇이든 배우는 시기, 세상을 익히고 나를 단련하는 시기를 거치고 견뎌내 보라고 조언했다.

간단하게 들리지만 그 믿음을 실천하면서 그 시간들을 살아내는 것이 얼마나 고단하고 힘이 드는지 나도 안다. 나 역시 사회 생활의 초반에 너무 빨리 퇴장했다가 된통 혼이 난 경험이 있다. 다시 시도할 엄두를 내는 데 정확히 15년이 걸렸다.

우리 모두는 사회라는 이름의 광장의 주민이다. 북적대던 광장의 한복판에서 조금 벗어나 살기로 마음먹은 나는 이제 한산한 광장 모퉁이에 의자를 놓고 앉아서 사람 구경도 하고 얘기도 나눌 여유가 생겼다. 나보다 이곳에 늦게 입성한 사람들이 보이면 붙잡고 이것저것 물어도 보고 당부도 한다.

그들 중에 자신이 무엇을 원하는지 몰라서 헤매는 사람들을 자주 만난다. 어디를 가야 할까, 어느 곳을 들러야 하나 고민하는 사람들이다. 어떤 사람들은 이상적인 직업을 기대하고, 완벽한 직장이 나타나기를 기다리는 것 같다.

완벽한 남자 혹은 여자를 찾는 세상의 연애사와 비슷하게도 광장에는 그들만을 위한 완벽한 직장은 존재하지 않는다. 생계를 멋지게 해결하고, 나를 있는 그대로 표현하고, 내가 항상 배우고 성장하며, 나랑 잘 맞는 훌륭하고 좋은 사람들이 공명정대한 시스템과 문화를 만들어 일하는 그런 곳은 없다.

우리가 이곳 광장에 온 이유와 목표는 그런 완벽한 일터를 찾는 것이 아니다. 광장은 스스로를 먹여 살릴 자원과 방편을 구하는 곳이고, 현실 세계를 배우고 익히는 시간이며, 삶의 경험 속에 자신을 던져 '나'를 알아가는 과정이다. 크고 유명한 회사를 다니고 훌륭한 직업을 가져야만 그런 것을 할 수 있는 것은 아니다.

물론 우리는 탐색을 계속해야 한다. 완벽한 상대가 나타날 때까지 기다리지 않고 계속 누군가를 만나 새로운 사랑을 시작하는 것처럼, 우리는 새로운 경험과 만나는 시도를 계속해야 한다. 연애 과정을 통해 사랑을 주거나 받는 사람이 되어보고, 깊은 정서적 관계를 배우면서 나와 타인을 훨씬 입체적으로 이해하게 되는 것처럼, 광장의 생활을 통해 우리는 몸과 마음에 흔적을 남기는 직접적인 경험을 계속 만들어가야 한다.

　쓸모없는 시간, 있으나마나 한 경험이란 없다. 인간은 모든 것으로부터 배운다. 우리가 경험의 한복판에 있을 때는 오히려 자신이 딛고 서 있는 그 현재의 가치를 잘 알아차리지 못하는 것 같다. 사람들이 빛의 신비와 아름다움을 가장 잘 음미하는 것은 해가 저물 때인 것처럼 말이다.

　나 역시 그런 경험이 있다. 미국 나이키 본사에서 근무할 당시 나는 매우 회의적이었고 늘 불평을 달고 살았다. 내가 그곳에서 배우거나 성장하고 있다는 생각이 들지 않았기 때문이다. 더 훌륭한 마케터가 되는 것 같지도 않고, 브랜드 관리의 노하우나 철학이 깊어지지도 않았으며, 지역 본부에서 내가 하는 일은 고작 글로벌 본부에서 만든 전략을 각 나라에 앵무새처럼 전하는 것밖에 없다고 푸념이 대단했었다. 한국에서 누군가 출장이라도 오면, 본사 생활이 얼마나 기대에 미치지 못하는지를 만나는 시간 내내 성토하곤 했다.

　본사 근무에서 얻은 것이 있다는 사실을, 나는 한국에 돌아오고 나서야 뒤늦게 깨닫게 되었다. 나는 미국에 있는 동안 회사가 어떻게 움직이는지, 어떤 과정을 통해 결정을 내리고 실행으로 옮겨가는지를 직접 보았다. 나는 그곳 사람들이 같이 일하고 팀으로 작동하는 방식을 보고 익혔다. 자신의 비전과 생각을 세상에 (회사에) 어떻게 드러내고 관철시키는지 이곳만의 스타일과 노하우를 알게 되었다. 모두 하나같이 청산유수 같은 말솜씨를 가졌지만, 그중에서 진짜 중요한 이야기를 가려서 듣게 되는 귀가 생겼다. 그래서 훗날 서울 사무실에 앉아서도 본사에서 날아오는 전략이나 지시 사항을 듣거나 보고 대번에 그것의 무게를 가늠해 내는 내공도 생겼다.

개인으로서도 나는 여러 경험을 하였다. 이제까지의 안전 지대에서 벗어나 내 불안과 직면하고, 나보다 더 큰 일이 주어졌을 때 그 도전에 용기로 응해보고, 그 전에는 알지 못했던 새로운 내 가능성 하나를 열어보기도 했다. 나는 모르는 상황과 환경 속에서 새로운 나를 알게 되었고, 가지고 있지 않다고 생각했던 마음 근육과 사회적 스킬 몇 가지를 후천적으로 키울 수 있었다. 그 덕분에 정말 필요로 하고 원한다면 내가 못할 것이 없다는 사실을 결국 인정하게 되었다.

이 모든 것은 시간이 지나 내가 비로소 그것을 받아들일 수 있는 준비가 되었을 때 뒤늦게 내 앞에 드러난 진실이다.

인생의 모든 선택이 그러하듯, 직장과 직업에 대한 선택 역시 트레이드오프tradeoff다. 내가 얻을 것과 포기할 것에 대한 스스로의 명확한 이해와 동의가 있어야 한다. 조직에 소속된다는 것은 (조직이나 회사마다, 인더스트리마다 정도의 차이가 있지만) 자유와 개성의 반납을 의미한다.

특히 회사라는 시스템은 개인으로 하여금 이미 정해진 역할을 정해진 그 방식으로만 살게 한다. 유니폼이나 업무 시간과 같이 외형적인 것을 통일시키는 것에서부터 가치 판단이나 문화나 취향도 비슷해질 것을 압박한다.(다르면 사실 본인 자신이 가장 힘들게 느낀다.) 회사가 클수록 시스템은 거대하고, 그 압박과 무게는 더 클 수밖에 없다. 나는 끊임없이 평가받고, 재단되고, 다시 평가받는 하나의 부속이다. 개인은 사라지고, 회사가 정하고 계약을 통해 내가 동의한 캐릭터로 사는 것이 '황심소'의 상담 내용에서와 같이 코스프레로 비유되기도 한다.

그 대가로 얻는 것도 명확하다. 지난 20여 년의 회사 생활을 돌이켜보면 나는 경제적 안정과 사회적 인정도 얻었고 현실적인 지식과 기술도 배웠다. 세계 여러 곳을 가보고 살아보고 내가 전혀 모르던 분야에 대해서도 조금 알게 되었다. 덕분에 세상의 새롭고 진기한 이야기도 듣고 다양한 경험도 쌓을 수 있었다. 그 경험이나 상황이 모두 내가 동의하고 좋아한 것들은 아니었지만, 그것들에 부딪치고 반응하면서 모습을 드러내는 나 자신을 보았다. 나는 어떤 상황과 조건에서는 환하게 빛을 내고 또 다른 때는 순식간에 숨어버렸는데, 이런 관찰들은 가장 자연스럽고 근원적인 나의 모습을 알게 해주었다.

선택이라는 트레이드오프는 내가 무엇을 내어주어도 좋은지, 그 대가로 무엇을 지금 얻을 것인지를 결정하는 것이다. 후회 없는 좋은 선택을 위해서는 내가 어떤 사람인지를 먼저 잘 알아야 한다. 많은 사람들이 큰 믿음을 가지고 있는 경제력이나 사회적 권위가 나 자신에게는 우선되는 가치가 아니라는 사실 역시, 사회 경험 속에서 나 자신을 관찰하면서 알아낸 것이다. 나에 대한 이런 확신이 없었다면 섣불리 안전망을 벗어나 다른 선택을 내리지 못했을 것이다.

처음부터 만족스런 선택을 하지는 못할 것이다. 우리는 자신이 무엇을 원하는지 어떤 사람인지 잘 알지 못하고 그것을 찾아가는 과정에 많은 시간이 필요하다. 역설적으로 삶의 거친 현실과 야성에 이리저리 부딪쳐야 그 진실이 드러난다. 그러면서 우리의 선택은 조금씩 더 만족스러워질 것이다. 그 선택 안에서 점점 편안해지는 자신을 발견할 것이다. 그러니 모든 선택은 항상 다음 선택을 이롭게 할 밑거름이다.

그래서 행복의 방향을 향하는 모든 탐색은 옳다. 길을 찾으려는 오늘의 방황은 그러므로 모두 전진이다.

"세상에서 가장 멋진 직업을 가지셨어
요!" 월트디즈니 인터뷰를 마쳤을 때 마지막으로 하고 싶은 말이
있으면 하라고 했다. 나는 마주앉은 그녀에게 세상에서 당신이 제
일 멋진 직업을 가진 것 같다고, 그리고 엄청나게 부럽다고 말했다.

그녀는 내가 다니던 호텔 학교에 월트디즈니월드 채용을 위한
인터뷰를 하러 미국에서 스위스까지 직접 날아왔다. 자신을 '인터
내셔널 리쿠르팅 디렉터International Recruiting Director'라고 소개했을
때 나는 그 직업에 완전히 반했다. 전 세계의 다양한 사람들을 직
접 찾아가 만나서 인터뷰하는 것으로 돈을 벌 수 있다니 정말 환

상적이었다.

　나는 사람들 관찰하는 것을 좋아한다. 사람들을 만나 이야기를 나누면서 다양한 인간 역사를 읽게 되는 것도, 개인의 내면마다 다르게 세팅된 작동 기제를 목격하는 것도 나의 큰 즐거움 중의 하나이다.

　그래서 인터뷰는 회사에서 내가 맡은 중요한 업무인 동시에(나이키에서는 매니저가 되면 자기 팀의 채용과 프로세스에 대한 대부분을 직접 결정하고 진행한다) 내가 좋아하는 인간 탐구를 마음껏 즐길 수 있는 시간이었다. 비록 회사에서 벌어지는 공적인 업무이기는 해도, 인간이 인간을 만나 서로 탐색하는 과정을 거쳐 인연을 맺게 된다는 측면에서는 그것 역시 보편적인 인간 만남과 관계 맺기의 연장선상에 있는 것 같다.

　그래서인지 채용과 인터뷰는 사람들이 가장 많이 물어보고 또 서로 이야기 나누던 주제 중 하나이다. 회사에 있는 동안 많은 인터뷰에 참여하면서, 그 과정을 관찰하고 느낀 점들을 함께 나누고자 한다.(단 외국계 회사의 특성상 채용은 비정기 소수 채용이며, 한꺼번에 다수를 선발하는 정기 채용은 없다. 따라서 인터뷰는 대부분 개인별 심층 인터뷰가 된다.)

선별하고 자격을 부여한다는 명목으로 온갖 시험들이 난무하지만, 채용 인터뷰야말로 성인이 되고 나서 치르는 가장 공식적이고 보편적인 시험일 것이다. 아니, 오디션이라고 해야 더 타당한 것 같다. 자신이 얼마나 책임 있고 센스 있으며 사고가 넓고 유연한 사람인가를 자랑하는 오디션. 그래서 이 인터뷰라는 것 역시 모든 사람 간의 만남과 선택처럼 사람의 머리가 아니라 가슴에 각인되는 과정이다.

정답 없이 치러지는 이 오디션에 정답을 준비해 오는 사람들을 종종 만나곤 했다. 그럴 때는 새로운 사람을 만난다는 생각보다는 어떤 잘 만들어진 근로 시스템과 마주앉은 것 같았다. 어릴 때부터 정답을 찾는 것에 너무 익숙해져버린 우리는, 이런 사실을 모르지 않으면서도 일단 마이크가 주어지면 획일적인 모습으로 바뀌어 버리곤 한다. 설령 우리가 정답(즉 이상적 모습)을 제시함으로써 선택을 받았다 한들 오래지않아 문제가 발생할 것이다. 가공의 나로 그곳에 받아들여진 나는 어쩌면 새로운 공동체에서 내내 가공의 인물로 살아야 할지도 모른다. 자신이 아닌 다른 사람 흉내를 내면서 사는 것은 엄청난 수고와 에너지가 요구되는 일이고, 결국 스스로를 건강하지 않게 만든다.

인터뷰의 관점에 대해서도 한번 생각해 보았으면 좋겠다. 인터뷰란 회사가 후보자를 판단하고 선택하는 과정만이 아니다. 회사, 그리고 그 회사에 호감과 관심이 있는 우리, 이렇게 양쪽이 서로를 보여준 후에 각자가 필요한 것과 제공할 수 있는 것을 탐색하고 계산하고 판단하는 과정이다. 관계를 맺을 것인가의 고민은 회사의 결정인 동시에 우리의 선택 과정이기도 하다.

인터뷰interview라는 단어의 본뜻은 서로 간에inter 마주보는view 것을 의미한다. 회사가 나름의 기준으로 우리를 탐색하는 동안, 우리는 이 회사가 나에게 맞고 시간을 투자하고 그 구성원이 되어 소속감을 느끼고 싶은 곳인지를 적극적으로 판단하고 선택해야 한다. 여러 방법을 통해 그 조직의 문화나 가치처럼 눈에 보이지 않는 것들을 꼭 알아보아야 한다. 회사 밖의 인생에서와 마찬가지로, 본디 보이지 않는 것들이 삶의 질에 가장 큰 영향을 미치기 때문이다.

그러니 우리는 자존심을 갖고 고개를 들고 임하자. 불러주면 무턱대고 가야 한다고 내 마음에 묻지도 않고 덥석 황송한 마음부터 바치지는 말자.

이렇게 적극적으로 살피고 꼼꼼하게 선택하는 과정을 거쳤다면, 아마 우리는 직장을 들어간다는 것 혹은 돈을 번다는 것 이상을 얻게 될 것이다. 적어도 가능성이 커진다. 어쩌면 그곳에서 그저 '같은 회사를 다니는 사람이 아니라 마음이 통하는 진짜 친구를 만들 수도 있을 것이다. 나의 가능성을 나보다 먼저 발견해 줄 고마운 인연을 만날지도 모른다. 어쩌면 그곳은 내가 가지고 있는 능력들이 가치 있게 쓰이는 곳이 될 수도 있다. 가끔은 내가 반드시 필요한 사람이라고 느낄 수도 있을 것이다.

회사가 학교가 되는 경우도 생긴다. 돈을 받으면서 다니는데 오히려 내가 엄청 배우는 것 같다고 느껴질 것이다. 당신이 꼼꼼한 선택을 했다면 어쩌면 회사는 좀 다른 공동체가 될 수도 있다. 개인을 일방적으로 희생시키는 끔찍하고 무정한 곳만은 아닐 수도 있다.

그 선택에 만족했지만 만약 어느 순간 회사가 더 이상 이런 의미가 아니라면? 그때는 그때에 맞게 당신이 가진 선택권을 행사하면 된다. 일하는 회사든 머무는 집이든 사적인 친구나 부부이든, 우리가 맺고 있는 관계는 우리가 행복을 추구하기 위해 가장 공들여 행사하는 삶의 선택 중 하나이다. 원하는 것이 달라지고 추구하는 것이 새로워지는 때가 오면 우리는 각자 새로운 인연을 찾아 떠나야 한다. 그 과정이 다른 회사나 다른 연인을 찾는 것이 될 수도, 아예 그 프레임 밖으로 나가는 것이 될 수도 있다. 지금의 나처럼 말이다.

마지막으로 꼭 덧붙이고 싶은 말이 있다. 이 세상에 완벽한 인사 시스템이란 없다.

회사를 오래 다닌 나의 선배들도 인정하겠지만, 회사가 무슨 엄청나게 정교한 시스템으로 세상 모두가 인정할 수밖에 없는 최적의 인재를 추려내는 것은 아니다. 밖으로는 거창해 보이지만 결국 단순화시키면 자기(들) 마음에 이끌리는 사람을 (다수결로) 뽑는 것이다. 이끌린다는 것은 합리나 과학으로 설명하기가 참 어려운 것이다.

그러니 인터뷰에서 선택을 받지 못했다고, 우리 지나치게 자책하지 말자. 나라는 사람을 후회하지 않을 정도로 제대로 보여주었는데 연결이 되지 않았다면 내 인연이 아닌 것이다. 그러면 '아니면 말고' 하고 툴툴 털면 된다. 툴툴 비워진 자리에 새로운 인연이 들어설 수 있도록 말이다.

내 역량보다 더 큰 일이나 책임이 주어질 때 우리는 크게 두 가지 다른 반응을 한다. 고생만 하고 실패로 끝날까봐 겁은 나지만 성장의 기회라 여기고 용기를 내어본다. 또는 부족한 준비의 대가가 너무 크고 성공할 확률은 상대적으로 낮기 때문에 후퇴하거나 다음으로 미룬다.

살다 보면 어떤 도전을 '지금' 할 것인지, 아니면 '다음'으로 미루거나 포기할 것인지를 선택해야 하는 순간이 온다. 그런 중요한 상황에서 우리는 가끔 모든 예측 함수에서 벗어난, 본인조차도 이해하지 못하는 선택을 할 때가 있다. 바로 머리가 아닌 가슴이 관여할 때이다.

2007년 미국 나이키 본사로 옮길 때 내가 맡은 역할은 '트레이닝Athletic Training'이라는 스포츠 카테고리의 브랜드 매니저였다. 한국에서도 브랜드 팀으로 옮긴 지 얼마 되지 않았던 터라 미국 본사에 가서 브랜드 매니저 롤을 한다는 것은 내게 이미 큰 도약이었다.

내가 맡은 카테고리가 아직 크지 않아 상대적으로 여유가 좀 있었다. 그래서인지 나는 잠시 동안만 그때 당시 브랜드 마케터가 공석이었던 러닝Running 브랜드 일을 같이 해달라고 부탁받았다. 할수 있는 게 그것밖에 없어서 열심히 하기는 했다. 3개월이 조금 지나자 헤드카운트가 승인이 났고(많은 외국계 회사에서는 결원이 생길시 바로 새로운 사람을 채용하지 않고 충원의 필요에 대한 리뷰와 승인 과정을 거친다) 러닝 브랜드 마케터의 정식 충원 공고가 날 것이라는 말을 들었다.

어느 날 러닝 비즈니스 GM이(즉 내 사이드 잡의 임시 보스가) 나에게 그 자리에 한번 도전해 보라고 말했다.

러닝은 사업 규모도 크고 나이키라는 브랜드의 파운데이션에 해당하므로(회사의 창립자가 육상 선수와 육상 코치이다) 매우 중요하고 하이라이트를 받는 분야이다. 그래서 새로 뽑게 될 자리도 그 당시 내가 맡고 있던 자리보다 한 단계 높은 역량과 책임이 요구되는 디렉터 레벨(우리나라의 이사급)의 롤이었다.

새로운 시스템에 아직 적응도 못해 매일 헤매고 있는 나 같은 애송이 마케터가 더 큰 롤에 도전하는 것은 상상도 못할 일이었다. 더군다나 그 3개월을 통해 알게 된 업무의 양과 전문성, 그리고 비즈니스의 스케일은 나를 겁먹게 하기에 충분했다. 러닝팀 미팅에 갈 때마다 나는 매번 이방인이라고 느꼈다. 미팅이 시작되기 전에 늘어놓는 인사이더들의 이야기들을 겉으로는 웃으면서 듣고 있지만 마음은 항상 불편했다. 내가 범접할 수 없는 커뮤니티와 문화였다. 이 자리에 딱 맞는 사람이 뽑히는 대로 얼른 일을 넘겨주어야겠다고 생각했다.

글로벌 러닝 브랜드 디렉터도 내게 인터뷰에 대해 이야기했다. 나는 두 사람의 권유에 고마움을 느꼈지만 마음은 요지부동이었다. 나는 내 주제를 알고 있었고, 이미 살짝 주눅도 들어 있었다. 여기서 더 실수하지 않고 너무 많이 헤매지 않는 것이 나의 목표였다.

그런데 인터뷰 신청을 마감하던 날, 이상한 일이 벌어졌다.

그날 나는 반나절 러닝 브랜드 워크숍에 참석했다. 글로벌과 지역 본부의 브랜드 담당들이 모여서 브랜드 전략과 포지셔닝에 대해 논의하고 브레인스토밍도 하는 시간이었다. 시간이 어떻게 지나가는지 모르고 몰입했다. 내 언어 표현이 다른 사람만큼 유려하지 못하다는 예민함도 느슨해질 만큼. 나는 우리 일의 가치를 보았고 그것에 매력을 느꼈고 그날 같이한 사람들도 가깝게 느껴졌다.

퇴근 후 집에 앉았더니 내 마음이 세차게 소용돌이쳤다. 가슴이 두근거리고 새로운 욕망 같은 것이 일어났다. 몇 주일 동안 꼼짝도 안 하던 마음에 무슨 일이 일어났는지 참으로 이상한 일이었다. 도무지 갈피를 잡을 수 없었다. 갑자기 몰아쳐오는 이 낯선 마음을 어떻게 헤아려야 하는지 고민하느라 밤잠을 설쳤다. 새벽에야 설핏 잠이 들었는데 상징이 가득한 아주 특이한 꿈을 꾸었다. 나에게 알아차리라고 말하는 듯한 그 꿈은 결국 나를 새로운 도전으로 돌려세웠다.

새벽같이 일어나 회사에 나갔다. 혹시 아직 내게 시간이 있냐고 묻고는 결국 인터뷰 기회를 갖고 싶다고 신청했다.

막차에 올라타자마자 바로 진행된 인터뷰를 망쳐버리고 말았다. 그래서 기분이 영 좋지 않았는데, 며칠 뒤 내가 최종적으로 선택되어 새로운 브랜드 디렉터가 되었다는 통보를 받았다. 내 인터뷰도 형편없었고, 다른 지원자들의 경력이 아주 빵빵하다고 들었던 터라서 어안이 벙벙하고 잘 믿어지지도 않았다.(그래서 인생은 참 알다가도 모르는 것이다.)

결과적으로 이 자리에 도전하기로 한 나의 결정은 2년여 동안 수많은 잠 못 이루는 밤을 가져왔다. 알고 내린 결정이라 생각했지만 겪어보니 훨씬 힘들었다. 동시에 이 시간은 내 커리어의 아주 탄탄한 기반이 되었다. 그 후 회사로부터 제시받는 선택의 종류와 폭이 달라졌고, 내 눈에 보이는 것과 이해되는 것들도 예전과 같지 않았다. 나는 성장한 것이다.

한껏 위축되고 두려워하던 내가 어떻게 이런 내적 동기를 끌어낼 수 있었는지 지금 생각해도 여전히 수수께끼다.

내가 마음의 작은 소리를 알아차렸을 때는 내게 선택의 시간이 거의 남아 있지 않았다. 내 머리가 읊어대는 이른바 객관적인 사실들과, 가슴에서 올라오는 도전 의식 사이에서 한 밤을 꼬박 갈등했다.

결국 내 직관과 가슴이 하는 이야기를 듣기로 결정했다. 때로는 모든 정보가 주어지지 않더라도, 때로는 내 앞에 놓인 길이 잘 보이지 않아 두렵더라도, 우리는 스스로의 내면이 보내는 빛과 신호에 몸을 맡길 필요가 있다. 부풀어 오른 두려움에 눌려 자칫 놓치기 쉽지만, 내 속에 깊이 앉은 나는 가보고 싶은 길이라고, 그냥 시도해 보자고 계속 내게 속삭인다. 필요하다면 꿈이라는 무의식까지 총동원해서 나를 독려하기도 한다.

인간에게 가끔 비약할 수 있는 기회들이 생긴다. 비약은 그야말로 단계를 2~3계단 뛰어넘는 것이다.

인생을 살다 보면 인연이 없을 것 같던 어떤 문이 갑자기 자기 앞에 나타날 때가 있다. 이때 비밀스런 그 문 사이로 비쳐 나오는 빛을 알아차리는 사람은 자신의 내부에 이미 단단한 씨앗과 가능성을 가지고 있다. 충분히 준비되지 않았더라도, 스스로 극복해 낼 내면의 힘이 있기 때문에 그 빛을 볼 수 있는 것이다. 이때는 자신을 믿고 모험을 할 때라고 생각한다.

인생의 의미와 가치를, 내게 맡겨진 일의 성공이나 즉각적 인정에만 국한하지 않는다면, 이 모험은 분명 아주 탁월한 선택이 될 것이다. 이 비상 상황에서 우리는 자신이 생각하고 동원할 수 있는 모든 것을 끌어다 사용하게 되므로, 자신의 숨겨진 역량을 발견하고 키울 수 있는 계기가 된다. 시련과 실패에 부딪칠 것이기에, 어려움을 겪어보는 아주 소중한 경험을 얻는다. 그리고 그때 우리는 용기라는 것을 비로소 꺼내게 되는데, 용기를 한번 일으켜본 경험은 나음번 용기를 만드는 동력이 된다.

그리고 중요한 한 가지. 나는 도전해 보라고 나를 독려한 그 두 사람이 없었더라면 아마 그런 마음을 내지 못했을 것이다. 짧은 기간에도 나를 (어쩌면 나보다 더) 믿어주고 격려해 준 특별한 인연 덕분에 용기를 내었다.

때로는 타인이 내가 스스로 보지 못한 가능성을 먼저 알아차리기도 한다. 삶을 살아가면서 내게 많은 고마운 안내자가 있었고, 이 두 사람도 분명 그 리스트에 든다. 내가 빛나지 않던 시절에도 내 속에서 빛의 씨앗을 발견하고 손을 내밀어주었다.

나도 누군가의 친절한 안내자가 되고 싶다고 생각한다. 비약할 기회가 왔는데 혼자 망설이는 사람에게 용기를 주고 싶다. 내가 그랬던 것처럼 너무 스스로에 갇혀 자신의 빛을 보지 못하는 사람들을 따뜻한 시선으로 일깨워주는 사람이고 싶다.

인생의 신비와 내면의 용기에 대해 다시 한 번 생각하는 오후다.

지금부터 하려는 이야기는 맹세컨대 모두 진실이다. 굳이 이렇게 밝히는 이유는 내게 일어났던 일들이 스스로도 믿기 힘들 만큼 신비스러웠기 때문이다.

출근하기를 그만두고 익숙한 생각 회로를 셧다운시킨 뒤 제법 시간이 지났을 즈음이었다. 새로 몸에 들인 명상 덕분인지 몸과 마음의 환경을 백지화시킨 효과인지 가만히 느껴지는 '나'에 대한 감각이 분명히 달라졌다고 느꼈다. 신기하게도 나는 훨씬 가벼워졌고 내 의식의 경계는 유연해지고 또 넓어졌다.

예전에는 의식하지 못한 채 그저 흘려보내던 것들이 마음을 건드리고 가끔은 내 곁에 오래 머물기도 했다. 지금 삶의 순간을 관통하는 낯선 느낌을 알아차리면서 그 신비로움에 마음이 설레던 시기였다.

설명하기 어려운 미묘한 변화, 예사롭지 않은 느낌이 나와 내 주위에서 감지되었다. 몸의 감각도 아주 섬세해졌다. 요가나 명상에 깊이 몰입할 때에는 새로운 차원으로 들어가는 것 같은 느낌을 받곤 했다. 그러던 어느 날 그 사건이 일어났다. 여전히 미스터리로 남은 신비한 대화의 시작이었다.

'나'라는 시스템을 끄고 복잡하게 엉킨 내부를 비우는 과정에서, 내가 살고 있는 공간과 내가 가진 짐들을 전부 한번 정리하고 싶어졌다. 그날은, 하나둘씩 늘어난 침구와 패브릭만을 따로 정리할 비싸지 않은 수납장 하나를 사야겠다고 마음먹고 인터넷에서 옵션들을 검색하고 있었다. 이케아의 가장 저렴한 수납장 가격이 내 눈에 들어왔을 때쯤 갑자기 어떤 말이 들렸다.

'왜 옷장을 사?'

그것은 질문이었다. 누군가 보내온 그 말에는 목소리가 없었다.

하지만 나는 그 소리 없는 말을 바로 이해했다. 마치 텔레파시 같다고 생각했다. 머릿속으로 의미를 추측해 볼 뿐 한 번도 경험한 적이 없는 '텔레파시'라는 것이 바로 이런 것이구나 하고 단박에 알았다.

의미를 담은 어떤 덩어리 같은 것이 나타난 곳은 내 안의 어딘가 굉장히 깊은 곳이었는데, 결단코 내가 떠올린 생각이 아니었다. 그것은 분명 내가 아닌 정체모를 어떤 화자가 던지는 질문이었다.

'왜 옷장을 사?'

'엉? 뭐……라고……?'(일단 나는 지금 벌어진 상황에 매우 당황했다.)

'옷장에 맞게 짐을 줄여야지.'

'어……'(상황에 이어 이번에는 이 대화의 내용에 당황했다.)

'가벼워지겠다며? 지금 옷장 속에 있는 것들 이사할 때마다 가지고 다닐 셈이야? 모두 필요하고 진짜 사용하고 있어? 여전히 좋아하는 것들이야?'

'그건 아니지.'(조금 정신이 돌아왔다.)

'아냐? 그럼 어떻게 할 건데?'

'음…… 필요 없는 것들 없애야겠지. 덜어내야지.'(대화에서 졌다. 나는 완전히 승복했다.)

거짓말 같은 순간이었다. 어떤 의미가 내 온몸으로 접수되고, 나는 그것에 마음으로 대답하고, 다시 새로운 질문을 받아들이고 그렇게 몇 번의 대화가 이어졌다. 스스로도 믿기 어려웠던 그 짧은 신비의 순간을 최대한 잘 설명해 보려고 내가 가진 문장력을 총동원하였지만, 안타깝게도 내 글 실력으로는 그 경험을 제대로 담아 내지 못하겠다.

텔레파시라니. 도대체 어떻게 그런 일이 가능한지, 왜 나에게 그런 일이 생겼는지는 여전히 미스터리다. 그 질문은 도대체 어디서 왔을까, 누구일까 하고 계속 생각해 보았다. 질문을 한 사람은 내가 아니었다. 나는 그 이케아 수납장이 저렴하다면 당장 결제를 하리라 마음먹고, 노트북의 그 쇼핑몰 화면에 집중해 있었다.

그런데 아무리 생각해 보아도 수납장을 하나 더 사는 문제로 텔레파시 같은 엄중한 신호를 보낼 사람은 없었다.(가끔 절대 절명의 순간에 아주 소중한 사람으로부터 텔레파시를 들었다는 이야기는 들은 기억이 있다.) 어떻게서든 나 역시 이 말도 안 되는 상황에 대한 이해와 납득이 필요해서 아주 곰곰이 오랜 시간 추리해 보았다. 그러고는 그 낯선 화자 역시 나였을 거란 결론을 내리게 됐다.

평소에 혼자 생각을 떠올려보고 스스로 묻고 답하던 그런 익숙한 나는 분명 아니었지만, 그것은 내가 의식으로는 인지하지 못하는 '아주아주 깊은 곳의 나'가 아니었을까 생각했다.(명상 공부를 할 때 들었던 참 자아 같은 것 말이다.)

증거도 없고 근거라고는 빈약한 추론뿐이니 여전히 미스터리로 분류할 수밖에 없지만, 내가 한 가지 분명하게 이해한 사실과 그래서 여기에 쓰고 싶은 말은 그 질문들이 너무나 정곡을 찔러, 나는 곧바로 행동을 취할 수밖에 없었다는 점이다. 짧은 몇 마디 안에는 어떠한 변명조차 할 수 없게 만드는 커다란 힘이 실려 있었다. 그것은 명료했고 핵심을 간파했으며 더없이 지혜로웠다.

이 신비스런 사건 이후 우리 집 수납장들은 빠른 속도로 비워져 나갔다. 이불은 물론이고 옷, 가방, 신발, 뭐라 분류해야 할지도 모르겠는 온갖 물건들, 비싼 것들, 오래된 것들, 득템한 것들 할 것 없이 모조리 말이다. 스스로 뿌듯할 정도로 화끈하게 정리해서는, 팔고 기증하고 나눠주고 또 일부는 버렸다.

그러던 어느 날 내 시선이 거실 책장에 가서 머무는 것을 알아차렸다. 순간 뭔지 모를 어떤 것을 분명히 감지했다. 설명하지 못하지만 이 미묘한 느낌은 지난번과 닮았다. 그 신기한 문답이 시작되려던 참이었다. 하지만 이번에는 상황이 좀 곤란했다.

'안 돼, 그건 아니야.'

'알았어. 잘 생각해 봐. 나중에 다시 얘기하자.'

나는 책에 대한 욕심이 많다. 거기에 내 욕망과 허세가 꼬깃꼬깃 숨어 있다. 책은 옷보다, 비싼 가방보다, 족보 있는 모델의 나이키 운동화들보다 어느 것보다 집착을 내려놓기가 어려웠다. 그렇게 몇 주를 버틴(신비한 화자 편에서 보자면 기다려준) 어느 날, 마음속으로부터의 오케이 사인이 들어왔다. 집착하던 마음이 스르르 풀렸다.

그렇게 내 삶에서 미니멀리즘이 시작되었다. 다른 미니멀리스트들의 이야기처럼 일단 그렇게 내 마음의 눈을 뜨고 나자 내 집은 급속도로 가벼워져갔다. 신기하게도 내 마음의 상태도 그만큼 호전되었다. 집착이 가장 강했던 책들 역시, 아주 좋아하는 것과 미처 읽지 못한 책들만 남기고 모두 떠나보냈다. 내 책장에는 넉넉한 여백이 생겼는데 그만큼 가슴은 더 시원해졌다.

가슴이 답답한 이들에게 강추한다. 숨이 잘 쉬어지지 않고 머리가 터질 것 같은 날, 수납장을 비워내라. 당신이 쓸모없는 것들을 얼마나 많이 끌어안고 사는지 알아차리고 그것을 당신의 삶에서 직접 없애버려라. 이 평범해 보이는 작은 행위가 당신의 일상에 마법을 만들 것이다. 다시 사서 쌓아두기 전까지는 말이다.

예측할 수 없이 불쑥 벌어지는 이 신비한 대화에 은근히 매료되었을 때 드디어 역사적인 사건이 벌어졌다. 정말 뜬금없이, 맥락도 없이, 나는 메시지 하나를 또 접수했다.

'야, 근데 술은? 술은 어때?'

어떤 음식을 먹다가 '내가 이걸 정말 좋아하는 거 맞나? 아니면 그냥 익숙해서 먹는 건가' 하고 생각하고 있을 때였다. 그 생각이 결국 술을 끌어낸 것이다. 주당은 아니지만 회사 다니면서는 술을 자주 마셨다. 주량은 대한민국 여자들의 평균보다 세다. 25년도 넘게 같이했으니 친구라 불러도 무방하다. 그런 오랜 친구에게 '근데 술은?'이라니, 어이도 없고 당황스럽기도 해서 말문이 막힌다.

'야, 이건 아니지. 왜 이래? 진짜 이건 아니야.'

그렇지 이건 아니지. 내가 얼마나 명상을 거창하게 하겠다고, 얼마나 고매하고 청정한 삶을 살겠다고. 금욕주의자가 될 생각은 추호도 없었다. 정말이지 말도 안 되는 얘기라고 생각했다.

그런데 그런 질문이 떠올랐다는 사실 자체는 정말 흥미로웠다. 신기했다. 그래, 이게 어디까지 가나 보자. 이 질문 게임이 앞으로 어떻게 진행될지 나도 이제 궁금해진다. 아무리 생각해 봐도 결국 그 질문은 나에게로부터 왔을 테지만, 상황은 이미 예측불허인 상태로 빠르게 전개되고 있었다.

어느 날 술을 한 잔 했다. 다음날 아침 이상한 느낌을 알아챈다. 아주 미묘하지만, 내 몸의 시스템의 밸런스가 살짝 어긋나 있는 것 같다. 신기하다고 생각한다. 그리고 며칠 후 친구들과 와인 한두 잔을 곁들여 저녁 식사를 했다. 그 다음날이었는데 그 미묘한 어긋남이 또 감지되었다. 이번에는 내가 (저 깊은 곳의 나에게) 먼저 메시지를 보냈다.

'이건 한 번도 안 느껴본 느낌이야. 미묘해서 나도 잘 모르겠어. 굳이 따지자면 이건 좋은 느낌이니, 나쁜 느낌이니?'

'나빠. 나쁜 쪽이야.'

이제 술에 대한 대화가 본격적으로 펼쳐질 참이었다.

연말이 가까워지자 술 마시는 모임이 많아졌다. 그날은 기분 좋게 제법 많이 마셨다. 다음날 아침 아주 오랜만에 술병을 앓았다. 술병이 나던 여느 아침처럼 같은 프로세스가 진행되었다. 몸의 일련의 거부 반응을 거친 후에 마음의 다짐이 따른다. 힘들어 죽겠네. 왜 이렇게 많이 마셨지? 앞으로는 절대 이렇게 마시지 말자.

오후까지 젖은 빨래처럼 소파에 누워 있었다. 저 깊은 곳에 사는 내가 이때야말로 적기라고 생각했는지 냉큼 질문을 올려 보낸다.

'기분 어때?'

'완전 별로야.'

'술병이 나서 그래. 몸이 힘들잖아.'

'아니, 그것 말고 더 있어. 기분이 나빠.'

'왜, 뭣 때문에?'

'음…… 어제 밤에는 내가 나의 주인이 아니었어. 이건 굉장히 나쁜 기분이야.'

나의 기분 나쁨. 짧은 말로 불쾌. 몸과 마음에서 감지한 이 왠지 모를 나쁜 기분은 내가 나의 주인이 아니었다는 생각에서 왔다. 내가 삶이라는 소중한 시간들을 산다고 말하면서도 진짜로 살아 깨어 있지 않았으며, 그 순간들을 내 의지와 선택으로 살지 않았다는 자각에서 온 것이었다. 첫 잔 혹은 둘째 잔까지는 아마 '내'가 술을 마신 걸 거다. 그런데 뒤의 많은 잔들은 내가 아닌 '기분'이라는 것이 들이킨 것이었다. 나는 내 삶의 운전석을 감정 혹은 기분에 몇 시간이고 오래 내어준 것이다. 그리고 이렇게 힘들어서 병이 나 누워 있다. 내 자신이 참 작고 어리석게 느껴진다. 기분이 좋지 않다.

불쾌감의 원인이 명료해지니 마지막 질문이 때를 놓치지 않는다.

'근데 어제 술 맛있었어? 너는 술이 진짜 맛있니?'

나는 잠시의 뜸도 들이지 않고 답했다.

'아니.'

그렇게, 술을 마시지 않게 되었다. 술이 내 삶에서 떠났다. 몸의 힘듦, 의식적 불쾌, 감각의 만족 없음이라는 명백한 사실을 스스로 인정하는 순간, 술은 나의 라이프스타일 리스트에서 자연스럽게 사라졌다. 몸도 힘들고, 마음도 별로이고, 그리고 이 날 처음 알았는데 나는 술이 맛이 없었던 거다. 그러면 내 인생에 굳이 이것을 끼고 갈 필요가 없다고 생각했다.

그 대신 중요한 것들만 남기기로 했다. 인생을 내가 좋아하고 도움이 되는 것들 중심으로 재편하겠다고 마음먹는다. 가볍고 경쾌해지겠다고 다짐한다. 쓸데없는 것들을 제거함으로써 나의 내면의 여유 공간을 끊임없이 확보해야 한다. 그렇게 넉넉해진 내 마음과 에너지는 가장 중요한 것에 쏟을 것이다.

그리고 앞으로도 계속 질문을 던질 것이다.

'이거 진짜 중요한 거 맞아? 내가 좋아하는 거 맞아?'

P.S. 술의 대화를 마지막으로 이 신비한 대화는 멈췄다. 나의 참자아 혹은 내 깊은 곳의 지혜는 내게 제대로 묻는 법을 가르쳐주

고자 했는지도 모른다. 좋은 질문은 그 자체로 훌륭한 답을 이끌어
내는 힘이 있다. 가볍게 날아서 벌처럼 정확하게 쏘는 전설의 복서
무하마드 알리의 한 방처럼 말이다. 그러니 25년을 마셔온 술마저
도 한 방에 보내버린 것 아닐까?

    P.S. 사람들은 요가 때문에 금주를 하느냐고 묻는데, 나는 완
주完酒라고 부르고 싶다. 이번 생에는 이미 충분히 마신 것 같은 느
낌(적인 느낌)이랄까?

습관은 나도 모르게 생긴 경우가 많
다. 의식하지도 못하는 사이에 내 몸과 마음속에 자리를 잡고 내
행동과 생활의 일부가 되어 있다. 일단 그렇게 자리를 잡으면, 우리
는 또 굳이 그것을 떼어내려 하지도 않는다. 이것도 나의 한 부분
이려니, 내 역사의 한 자락이려니 하며 보전한다. 문제는 이렇게 나
에게 들러붙은 습관이란 놈 중에 나한테 백해무익한 것들이 있다
는 사실이다.

삶을 가볍고 쾌적하게 만들기 위해 우리는 우리 주위의 물건

들을 덜어낸다. 우리를 둘러싼 외부 물질들을 컨트롤하는 것이다.

습관은 내부에 속한 물질인데, 이것 역시 많아지면 짐이다. 특히 나와 내 삶에 도움이 안 되는 습관들이 늘어날수록 삶은 복잡하고 무거워진다. 어느 날 문득 내게 효용도 없고 상관도 사라진 물건들을 떠받들며 살아왔다고 깨닫는 것처럼, 의식 속에서 자라고 단단해진 습관 역시 마음먹고 들여다보기 전에는 잘 알아채지 못한다.

습관은 나한테 도움이 되는 것, 있으나 마나 한 것, 해로운 것으로 구분할 수 있다. 아래 습관 중에 혹시 당신의 것도 있는가? 당신의 습관 리스트는 얼마나 긴지 궁금하다.

- 꼬리 물고 생각하는 습관

- 무엇이든 메모해 두는 습관

- 아무것도 버리지 못하는 습관

- 미흡한 면부터 살피는 습관—사람이든 일이든

- 나중에 하겠다는 말과 마음의 습관

- 비는 시간을 커피로 채우는 습관

- 보행중에도 핸드폰을 조작하는 습관

- 약속해서 만난 친구를 앞에 앉혀두고는 정작 페이스북 친구 근황을 챙기는 습관 등 등

생활을 난순화시키면서 재미를 느낀 나는 습관을 들여다보기로 한다. 좋은 것도 있고 안 좋은 것도 있다. 나쁜 줄 알지만 의식적인 노력을 기울이지 않은 것도 있고, 있는지조차 몰랐는데 자리를 차지하고 앉은 지 오래된 것도 있다. 좋은 습관만 남기고 나머지는 가지를 쳐내기로 결심한다.

남기기로 한 제일 좋은 습관 중의 하나가 일기 쓰기다. 일기 쓰기는 어릴 적 그림일기를 그리면서 만들어져서 지금까지 쭉 유지되어 온 매우 유익한 습관이다. 앞으로도 내 습관 중에 가장 중요한 자리에 올려놓을 것이다.

이것을 최고 습관으로 꼽는 이유는 일단 내가 좋아하기 때문이다. 일기는 인생의 여러 시기를 사는 동안 언제든 마음을 표현할 수 있는 도구였다. 감정이 치달을 때에도 안심하고 나를 쏟아낼 수 있었다. 거친 생각은 한달음에 내달릴 수 있지만, 글쓰기는 생각의 속도를 따라가지 못한다. 그 물리적 간극이 나를 다시 차분하게 만들어준다. 일기 쓰기는 이렇게 내가 평온을 찾는 과정이다.

내가 좋아하기도 하지만 유익하다는 것도 자명하다. 일기 앞에 앉으면 미처 보지 못했던 것들이 떠오른다. 낮이 행동과 결정의 시간이라면, 일기 쓰는 밤은 일어나고 드러난 것들 사이에 몸을 움츠린 나 자신을 살피는 시간이다. 또한 바로 코앞만 살피는 시선을 거두고 내 인생이 향하는 먼 지점을 응시해 보는 순간이기도 하다.

일기 쓰는 사람만이 아는 내밀한 재미도 있다. 인생의 큰 챕터를 지날 때 한 번씩 지난 일기를 다시 열어보는 것이다. 낯 뜨겁고 스스로 생각해도 창피한 부분도 있지만(내 몫이니 어쩌겠는가) 분명 그것은 나의 나이테이다. 가끔 도무지 내 마음을 모르겠을 때 열어보면 하나의 패턴이 보인다. 내가 언제 닫히는지 왜 닫는지 그곳에 흔적이 있다.

습관 리뷰를 통해 최근에 퇴출당했거나, 현재 작업이 진행중인 내 습관은 대충 이런 것들이다.

'무의식적으로' 하루 종일 커피 마시는 것과(퇴출 완료), 자러 침대에 들어가서는 '무의식적으로' 핸드폰을 여는 습관이다.(퇴출 노력 진행중) 나쁜 습관 중에 최고로 골치 아픈 것은 모든 것을 미리 계획하고 시뮬레이션하는 버릇이다. 잠시의 짬만 있어도 아주 사소하고 단순한 일까지 머릿속에서 먼저 예행 영상을 돌리고 있다. 나도 모르는 사이에 어느새 그러고 있다. 낭비하는 시간을 없애고 실수를 줄이려고 생긴 습관 같은데 사람을 초조하게 만든다.

반면 최근 새롭게 만든 습관도 있다. 아침 명상과 요가, 그리고 천천히 만들어 천천히 먹는 식사가 그것이다. 나 자신을 사랑하고 소중하게 대하려는 결심과 닿아 있다. 그리고 약간의 강박이 있는 나 같은 사람에게는 내면의 여유를 만드는 데 도움이 된다.

명상은 스위치를 끄는 시간이다. 고단한 일과 후에는 누구나 자신만의 공간으로 들어가 혼자 있고 싶어 하듯이, 명상은 외부 세계의 문을 닫고 들어가 혼자 내면의 공간에 머무는 시간이다. 그때 세상의 와글거림은 점점 멀어지고, 전원이 내려진 생각 엔진은 차츰 부산한 발소리를 멈춘다. 깊은 고요함이 찾아오고 그 소리 속에서 나는 이완하고 휴식한다.

마음 혹은 머리만 쓰면서 살던 나에게(사실은 대부분의 현대인에게) 몸을 쓰는 모든 일은 밸런스를 유지하는 훌륭한 방법이다. 요가를 할 때 나는 조화로움을 느끼고, 나의 전체 시스템을 골고루 사용하는 것 같은 좋은 느낌을 받는다. 육체라는 새로운 세계를 알아가는 것도 즐거움이다. 내 몸을 관찰하고 안과 밖을 구석구석 탐험하고 상냥하게 말을 걸기도 한다. 조건이 갖추어지면 저절로 될 것이라는 말을 반신반의했는데, 정말로 안 되던 동작이 어느 날 되고, 버티지 못했던 힘이 생기고, 내 몸이 가벼워지고 더 강해져간다.

내가 하는 수련practice이란 이렇게 조건을 만드는 과정이다. 굳이 애쓰지 않아도 조건이 준비되면 저절로 이루어짐을 매일 내 몸을 통해 확인한다.

가장 최근에 받아들인 마음 습관인 '그냥 하기'와 '잠시 내버려두기'에 요새 홀딱 빠져 있다.

새로운 것을 시도해 보고 싶은 마음이 일어날 때, 마음의 다른 구석에서는 귀신같이 곧바로 제재가 들어온다. '잠깐만' 하고 외치고는 핑계와 잔소리를 읊는다. 마치 엄청나게 대단한 일이 일어난 것처럼 생각의 엔진을 마구 돌리면서 온갖 질문들을 올려 보내고, 자꾸만 다시 생각해 보자고 한다.

새로운 습관을 들이는 가장 효과적인 방법은 '그냥 해보기'이다. 생각이란 것이 너무 지껄이게 기다려주지 말고 '그냥' 일단 하는 것이다. 영어로 하면, 맞다, 바로 'Just Do It.' 생각이 계속 일어나 일단 힘을 얻게 되면 그것과 싸우는 것은 무지하게 힘이 든다. 그래서 애초에 그 프로세스가 생기지 않도록 해야 한다. 내가 잘할 수 있을지, 얼마만큼 할지, 무엇이 필요한지 등의 답은 '일단' 하면 다 저절로 나온다.

'잠시 내버려두기'는 생각의 미궁으로 끌려 들어가지 않도록 돕는 훌륭한 조절 장치이다. 어떤 감정이나 생각이 일었을 때 잠시 상황을 파악하고 얼른 물러서는 연습이다. 생각과 감정에 오래 빠질 때는 제자리걸음을 하며 무의미한 시간과 에너지를 사용하게 된다. 내가 빨려 들어가려고 할 때 알아차리고, 얼른 나에게 "잠시 두었다가 다시 오자"라고 말한다.

세상을 살다 보면 예측하지 못했던 일들이 일어나면서 상황이 늘 변한다는 사실을 안다. 오늘 명쾌하지 않았던 질문이 다음날은 다른 관점에서 보이기도 한다. 지금은 분명 안 되는 상황이지만 그 상황에 어떤 반전이 생길지 알 수 없다. '잠시 내버려두기'는 마음에너지를 많이 써야 할 상황이 생겼을 때 전진과 후퇴를 현명하게 구사하는 마음 활용의 지혜이다. 남들은 이미 다 알고 행하는 것을 나는 이제야 연습하고 있지만 이 녀석, 정말 무지하게 신통하다.

습관들이 합쳐지면 내 몸에 패턴을 만들고, 몸은 나의 행동과 생각을 변화시킨다.

삶의 변화를 꾀할 때 새로운 습관을 들여와서 차츰 길들여보자. 새로운 습관들이 새로운 나를 만들 수 있게 말이다.

'우와, 녹색 풀밭이다'라고 생각한다. 요가원의 바닥은 녹색 매트를 촘촘히 이어 붙여서 시원한 초록 물이 되었다.

성실한 요기들이 하나둘 모여든다. 좁지 않은 공간이지만 어느새 요가원이 꽉 들어찬다. 조용히 돌아앉은 어깨들이 경건하다. 명상의 고요는 추울 때 주전자째 따라주는 보리차처럼 이내 우리를 아주 깊은 곳까지 편안하게 어루만진다. 그리고 조용히 모두를 준비시킨다.

"빠리브르다 자누 시르사사나."

선생님의 구령에 나를 맡기면서 오늘 요가를 시작한다. 60여 명이 일제히 부드럽고 가뿐한 움직임을 만들면 바다의 초록 물이 출렁인다. 요가 동작(아사나)의 명칭은 산스크리트어이다. 오랜 세월과 먼 이국의 냄새를 담은 이 언어를 듣기만 해도 우리는 신비로운 여행지에 금방 이를 것 같다. 몸이 열리고 마음이 모아지면, 하나둘 자신의 내면으로 풍덩 자맥질을 한다. 점점 더 깊이 내려간다.

헐렁한 바지에 질끈 머리를 동여매고 온 사람들이 무심하게 앉아 있다. 헌신하는 마음의 에너지는 조용하고 소박한 그들의 몸가짐을 뚫고 나와 나란히 앉은 나에게 전해진다. 같은 동작을 하지만 여기 앉은 사람들은 모두 각자의 여행을 한다.

나의 여행도 매일 달라진다. 한 번도 가본 적 없는 신비로운 시공간에 온 것 같은 날이 있는가 하면, 도무지 집중이 되지 않을 때도 있다. 그럴 때 나는 요가와 스트레칭(선생님 표현으로는 체조)의 중간쯤에 어정쩡하게 서 있다.

여행의 경로가 어떻든 요가중에는 나를 본다. 마치 다른 사람을 보는 것처럼 적당한 거리를 둔 채 나와 마주앉아 있으면 어느새 내 오래된 습관과 성격이 드러난다. 내가 통증을 느끼는 부위와 방식은 나의 몸이 이제까지 움직이고 지나간 길이자 저항의 흔적이다. 내 몸에는 거짓으로 꾸밀 수 없는 나의 역사가 기록되어 있다.

오랫동안 경쟁에 길들여진 나는 다른 이들을 흘끗거린다. 어려운 동작을 척척 해내는 사람들을 보면 자동으로 비교하고 조급해지는 마음의 사이클이 작동한다. 그래도 다행인 것은 너무 오래지 않아 마음이 원래 자리로 돌아온다는 점이다. '걱정 마. 이렇게 하다 보면, 이렇게 계속 가다 보면, 저절로 되는 날이 올 거야' 하면서 말이다.

요가와 수행은 본디 내면을 바라보고 나를 응시하는 것, 나를 계속 허기지게 하는 욕망의 실체를 지혜의 눈으로 바라보고 그것으로부터 홀가분해지는 것이다. 요가에서의 가장 큰 욕망은 아이러니하게도 요가를 더 잘하는 것이다. 오래 몸과 마음을 수련한 이들에게도 더 어려운 아사나를 빨리 완성시키는 것은 다스리기 힘든 유혹이자 욕망이다.

요가원은 영화 세트장 같은 곳에 있다. 구 시가지의 오거리, 오래된 것들의 자연스러움과 허름함이 교차하는 골목에 특색 없는 건물들이 올망졸망 서 있다. 요가원은 그중 너무 평범해서 그냥 지나치기 일쑤인 한 낡은 건물에 있다. 간판이 없음은 물론이고, 요가원이 있다는 어떤 흔적도 찾을 수 없지만, 사람들은 모두 알고 찾아온다.

일찍 가 있는 일도 없다. 요가원은 수업 시간 10분 전에야 열리기 때문이다. 역시 수업을 위해 도착하신 선생님이 꼼꼼히 환기를 하고 냄새 좋은 향을 피우고 청소기로 매트를 정리하고 나서야 문을 열어 모두를 맞는다.

솔직히 내가 다닌 요가 센터들 중에 최고로 후지다. 이곳엔 아무것도 없다. 여기서 당신이 가져갈 것은 요가뿐이라고 외치는 것 같다. 인테리어는 고사하고 탈의실이나 짐을 수납하는 공간도 없다. 몇 가지 짐 꾸러미들과 그림 등이 사방 벽을 돌아서 무심하게 놓여 있다. 뭔가 뜻을 내어 꾸미고 만든 것이라고는 찾을 수 없다. 수업이 끝나면 사람들은 "감사합니다" 하는 인사와 함께 수업료를 넣은 봉투를 선생님께 직접 드린다.

처음에는 그래도 많은 사람이 이렇게까지 찾아오는데 조금만 편리하게 바꾸면 좋지 않을까 생각한 적도 있었다. 내게 익숙한 이른바 서비스라는 것을 떠올리면서.

그런데 어느 날 생각이 바뀌었다. 선생님은 자신이 관리할 수 있는 것을 정확히 그만큼만 하겠다고 결심하신 듯했다. 불필요한 것은 없애버리고 필요한 것에 더 많은 시간을 투자하는 것 같았다. 그것이 선생님의 선택이라는 생각이 들었다.

스스로 청소하고 관리하기에 적절한 공간을 만들고 거기에 맞추어 오퍼레이션을 최적화하셨다. 혼자 요가원을 운영할 수 있도록 수업도 하루에 세 번뿐이다. 회원 관리나 이벤트 따위는 없다. SNS나 블로그를 운영하지도 않는다. 무언가를 더할수록 그것을 유지하고 관리해야 하는 일도 늘어난다. 그 시간만큼 나를 투자하거나 다른 누군가를 고용해야 한다.(그러면 또 그 고용인을 관리해야 한다.) 그리고 삶은 그만큼 복잡해진다.

세상 사람들이 모두 다르고 우리가 사는 방식 역시 다양하다고 믿는다면, 생활이나 생계와 연결된 활동에서도 이런 식의 다른 방법이 존재한다는 사실을 받아들이려고 한다. 그냥 내가 하고 싶은 만큼만, 할 수 있는 만큼만 하면서 사는 것, 그렇게 생활을 운영해 보는 것 말이다.

제주에는 그런 생각을 갖고 운영하는 식당들이 종종 보인다. 본인들이 감당할 수 있는 분량만큼 요리를 해서 식당을 열고, 본인들이 일할 수 있는 날로 줄여서 장사를 한다. 돌려보내는 손님들이 많지만, 그럼에도 6시 전에 본인을 즐겁게 하는 활동으로 일상을 스위치시키는 사람들. 어떻게 저런 생각을 했을까 싶었는데, 내 생각이 바뀌는 것도 순식간이다.

그러고 보니 친구 중에 '내가 할 수 있는 만큼' 철학의 대가가 있다. 회사 생활을 진작 접고 가장 먼저 손댄 프로젝트가 학원이었다. 큰 욕심 없이 회사가 아닌 작은 대안을 실험하려 했다. 시골에 있는 정말 작은 영어 학원이었는데, 오픈 기념 선물로 그림 액자를 하나 보내고는 찾아가 보았다. 겉멋 부리지 않는 담백한 성격을 익히 알고 있었지만 솔직히 좀 놀랐다. 공부시키고 공부하는 데 필요한 최소한의 것을 제외하고는 정말로 아무것도 더한 게 없었다. 이래도 되나 싶었는데, 똑같은 것을 보고 좀 더 연륜 있는 다른 분은 "학원을 보니 앞으로 무슨 사업이든 해도 되겠구나" 한다. 허세나 능력 밖의 치장 없이 정말 필요한 것과 할 수 있는 것에 집중하는 면을 높이 산 것이다.

선생님은 차를 좋아하신다. 수업 시간에 맞춰 하나둘 사람들이 도착하고, 소리를 죽여 조용히 명상 자세로 앉는다. 사람들이 모두 자리 잡고 앉은 공간은 어느덧 고요한데, 들리는 것은 아까부터 은은하게 끓고 있는 차 주전자 소리뿐이다. 선생님은 차를 꺼내고, 물을 끓이고, 다기들을 준비한다.

쪼르륵. 쪼르르륵. 달그락. 탁. 달그락.

자연의 한 소리처럼 전혀 방해가 되지 않는 백색 소음이다. 그렇게 오래오래 정성스레 만든 차는 요가가 끝난 후 여운을 즐기고 싶어 자리를 지키는 사람들과 함께 나누신다.

지혜롭고 현명하다는 생각이 든다.

'아하' 하고 마음속으로 깨닫는 순간이다.

이제 나에게 정말
잘하고 싶다. 주고
한 나에게 좋은 선
물을 해주고 싶다
는 마음으로 정성
을 쏟는다. 맘을
또요 시간을 들
인다.

삶의 스위치를 다시 켜며

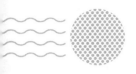

삶에 대한 주입된 두려움에서 조금씩 빠져나오게 된 것은

내가 더 무섭고 피하고 싶은 것을 알게 되고 나서이다.

가장 큰 두려움을 깨달았기 때문이다.

그것은 죽음을 통해 왔다.

나의 죽음, 나는 잠시나마 그 순간을 보았다.

죽음의 문턱에서 살아 돌아온 사람들의 경험담에서처럼

나는 나의 마지막 순간을 통해

인생이라는 프로그램의 유한성을 직관했다.

이 삶이라는 것이 끝난다는 것, 모든 인간은 죽는다는 것이

활자로 된 죽은 지식이 아니라

생생하고 강력한 각성으로 알아졌다.

명상을 통해 설핏하게나마 삶의 끝을 보게 된 날,

내 두려움의 순위는 뒤집혔다.

이제 가장 두렵고 무서운 것은

내가 삶을 사는 동안에 나쁜 인생 시나리오가

내게 일어나는 것이 아니다.

삶이 사라질 때, 정말 아무것도 할 수 없는 그 순간에

아쉬워하거나 후회하는 것,

그것이 내가 생각하는 가장 나쁜 시나리오다.

그리고 기억하기 시작했다.

우리는 인생이라는 짧고도 긴 여행을 하는 중이고,

그것은 시작처럼 끝 또한 있으며,

나는 이미 이번 여행의 반 정도를 왔다는 것을.

죽음은 삶을 밝히는 불이다.

죽음 앞에서는 모든 것이 명료해진다.

여
행
자
의

마
음
가
짐

아주 오래전부터 나는 스스로를 여행
자라고 느끼며 살아왔다. 왠지 나는 이곳에 아주 잠시 와 있는 것
만 같았다. 마치 여행을 떠나온 것처럼 말이다. 여러 종교의 아름
답고 진실된 텍스트를 읽지만 한 특정 종교의 신자는 아니다. 전
생이나 내세라는 개념을 이해하기 전부터 그런 느낌을 가지고 있
었던 것 같다.

어디를 가든, 그 기간이 3일이든 한 달 살기이든, 모든 여행에는
시작과 끝이 있다. 유한한 기간 아래 성립된다. 인간의 생, 나의 삶
도 마찬가지라고 생각한다. 정신없이 이미 절반을 보냈고, 정신을

차려 나머지 시간들을 더 잘 지내야겠다고 생각하게 만드는 그 여행중에 나는 있다.

이번 생이 끝나면 다음 삶이 있을 것인지 나는 모른다. 어떤 이유에서건 무슨 원리를 통해서건 간에 나는 47년 전에 삶이라는 여행에 태워 보내졌다. 이제까지 다녀본 나의 많은 여행처럼 삶이라는 이 여행 역시 마치고 돌아와야 할 때가 있을 것이다.

이 여행은 대략 80여 년이라는 아주 느슨한 기간 계획만 있을 뿐, 우주적 조건에 따라 그리고 내 사정과 의지에 따라 언제든 조기 종료될 수도 있다. 우주 사정 같은 것을 모르는 나로서는 우선 내 상황만 따져 생각한다. 한국 여성 평균 기대치로 계산하면 내 여행은 지금 33년 정도가 남아 있을 것이다. 20여 년은 큰 육체적 어려움 없이, 나머지 10여 년은 조심스럽게 몸을 다뤄가며 살아야 한다는 기본 전제하에 몇 가지 철칙과 느슨한 계획을 떠올린다.

이 인생이라는 여행의 끝은 죽음이다. 나는 탄생을 기다리는 긴 줄에 세워졌다가 삶의 열차에 올랐다. 시간이 되면 죽음의 줄을 따라 열차에서 내림으로써 이 여행을 끝내게 될 것이다. 인생에서 경험하는 모든 여행과도 같이 우리는 어느 날에는 여행에 올랐다가, 그리고 때가 되면 돌아올 것이다.

죽음을 입에 올리면 어둡고 비관적이라고 한다. 글쎄, 오히려 치열하게 삶을 바라보는 사람이라면 죽음을 생각하지 않을 수 없다. 삶이란 하나의 선이다. 탄생에서 시작해 선을 따라가다 보면 반드시 죽음이라는 끝점에 닿는다. 이 둘은 원래부터 하나이다.

위기를 맞아 나를 껐다 다시 켜던 그 즈음이었다. 산다는 것에 질문을 던지다 보니 나도 결국 죽음이라는 문제에 이르렀다. 그것은 명상을 통해 더 실감나게 다가왔다. 죽음이란 무엇인가를 밤잠 설쳐가며 열심히 '생각'해서 어떤 기막힌 답을 알아낸 것은 아니다. 죽어보지 않은 존재가 고작 생각 같은 것으로 그런 것을 깨치기는 만무하다.

나는 죽음을 명상을 통해 얼핏 보았을 뿐이다. 내가 죽는 그날, 이번 생이라는 여행의 마지막 날을 아주 잠시 엿볼 수 있었다. 지금 생각해도 잘 믿기지 않지만, 나는 마음이 무척 편안했고, 모든 것에 감사했고, 이 정도로 되었다는 편안함 속에 있었다. 그 명상 이후로 많은 것이 변했다.

우선 내 안의 두려움이 옅어졌다. 앞으로 어찌 될지, 나는 괜찮을지, 무엇을 하며 먹고살 건지 등에 대한 걱정과 불안은 조금씩 가벼워졌다. 내가 노후까지 잘 먹고 잘사는 어떤 비전을 보아서가 아니다. 나는 그저 끝을 보았을 뿐이다. 그리고 태어나서 처음으로 지금 이 지점부터 저 끝까지 이어진 내 인생을 하나의 전체 덩어리로 볼 수 있었다.

결국 이 모든 것도 끝이 있다는 것, 하나의 프로그램이라는 것, 한 번의 여행이라는 것이 깊이 알아졌다. 아무것도 아는 바가 없어 그저 무서운, 차갑고 시커먼 구멍 같던 죽음이라는 것이 그냥 내 인생의 한 순간, 그저 많은 날 중의 하나로 느껴졌다. 신기하게도 이 유한함은 큰 안도와 안정감을 주었다. 나는 마치 엄마의 포대기 속에서 단단하게 몸이 고정된 아기 같다고 느꼈다.

머리로는 모르는 이가 없지만, 많은 사람들이 영원히 살 것처럼 사는 것 같다. 영원히 살 것처럼 건강하게 잘사는 것이 아니라, 끝이 있음을 의식하지 못하고 중요한 것을 자꾸 뒤로 미루고 산다.

정말 중요한 것을 알아내는 가장 효과적인 방법은 유한성이라는 조건을 다는 것이다.

"내가 정말 원하는 게 뭐지?"라고 묻는 대신, 내 앞에 1년이라는 (혹은 3년이나 5년) 시간이 남았다면 무엇을 하고 싶은지, 어떤 것을 놓치고 싶지 않은지를 물어야 할 것이다. 유한함과 제한성이 생각의 기시권에 들어왔을 때, 우리가 지금 기울이는 노력과 삶의 우선순위는 분명 바뀌게 될 것이다.

우리가 영원히 살지 않을 때, 사람들은 무엇을 그만두고, 무엇을 새로 시작하게 될까?

그리고 당신과 내가 사는 오늘은 과연 어떤 모습일까? 어떤 것이 여전하고 또 어떤 것이 달라져 있을까?

20대 후반, 나는 새로운 인생 궤도에 진입하겠다는 결심으로 스위스로 갔다. 호스피탤리티를 공부해서 전 세계의 호텔에서 일하며 각 도시에서 2년씩 살겠다고 생각했다. 굳이 호텔에서 일하지 않더라도 그렇게 살 수 있는 방법은 여러 가지가 있는데, 그땐 내가 세상에 대해 아는 것이 딱 그 정도였다.

호텔 학교를 수료하려면 6개월간의 현장 인턴십을 가져야 했다. 스위스에 온 지 이제 막 6개월이 지났을 뿐인데, 다시 짐을 싸서 또 다른 나라로 떠나야 했다. 이번에야말로 진짜 철저하게 혼자가 될 것이라는 생각에 많이 긴장되었다.

어찌어찌하여 내가 가게 될 나라는 모나코. 영화에서나 보았던 몬테카를로 바로 그곳이었다. 얼떨떨하기는 이 글을 쓰고 있는 지금도 마찬가지다. 인턴을 마친 이후 나는 한 번도 그곳에 다시 가보지 못했다.

살다 보면 다양한 괴로움에 시달린다. 인생의 대부분을 학교에서 보냈던 그 또래들처럼 그 당시 나에게 괴로움이란 미래에 대한 불안과 부족한 나에 대한 불만이었다.

그러나 모나코에서의 괴로움은 차원이 달랐다. 내가 너무 보잘것없어서 저절로 사라지게 된 그런 존재 같다고 느꼈다.

"세상에는 내가 모르는 종류의 사람들이 있고, 그들은 완전히 다른 차원에서 산다. 인간 계급은 존재하고, 나는 가장 낮은 계급의 존재이다. 내가 배운 바에 따르면 계급 따윈 역사에서 사라진 지 오래인데, 실존에서 느껴지는 이런 '차이 남'의 느낌은 매우 강렬하다. 이 호텔의 중요한 고객이라는 사람들은 모두 보통 사람들과 다르다는 존재들이다. 내가 사는 이 시대에도 왕과 왕의 가족들이라는 사람들이 있고, 이 호텔과 근처의 모든 으리으리한 건물들이 모두 왕가의 소유다. 그들은 실제로 자신들이 존재한다는 사실을 증명이라도 하듯 종종 내가 일하는 호텔에도 나타나는데, 그러면 사람들은 온갖 부산을 떤다. 정말 기묘한 기분이다. 나는 내가 누구인지 모르겠다. 여기가 어디인지 모르겠다. 이 세상에 내가 속하는 자리가 있는지조차 의심스럽다."

나는 매일 이런 말을 속으로 중얼거렸다.

아마 12월 23일이었을 것이다. 몬테카를로의 루 드 그랑 까지노.

스위스에서 기차를 타고 프랑스의 니스 근처까지 갔다. 그리고 버스로 갈아타고 몬테카를로에서 내렸다. 커다란 이민 가방을 끌고 모나코 왕실이 소유한 호텔 드 빠리를 찾아간다.

겨울밤이다. 늦은 시간이어서인지 주위가 이미 조용하다. 코트를 단단히 여며 입어서 추위는 그리 맵지 않다. 줄지어 늘어선 럭셔리 매장과 고급 부티크들이 뿜어내는 조명은 이 도시의 명성만큼 화려하다. 도시 전체는 밤안개가 끼었는지 어슴푸레하지만 크리스마스 장식의 점등은 금세 알아볼 수 있다. "참, 크리스마스지" 하고 혼잣말을 한다. 마지막 역에 도착한 이번 한 해가 서서히 엔진을 멈추고 있는 것 같다.

벌써 덜컥 외로워진다. 분명 사람이 사는 곳인데 나는 여기서 사람을 느낄 수가 없다. 정신을 놓으면 눈물이 찔끔 나올 것 같다. 만약 누군가가 혹시 돌아가고 싶냐고 물으면 이 자리에서 바로 울어 버릴 게 틀림없다. 어린아이였던 때 이후로 이런 본능적인 외로움과 막막함은 처음이다.

블링블링하고 럭셔리한 대리석 거리는 내 이민 가방 바퀴 소리로 요란하다. 덜컹덜컹. 쿠르룽쿠르룽. 이 소리들은 내가 이방인이라고, 나는 여기에 속하지도 어울리지도 않는다고 떠들어대는 것 같다. 지금 거리에는 사람이 거의 없다. 차라리 번잡한 도시였다면, 그래서 사람들에게 부딪쳐가며 걸었다면 훨씬 덜 외로웠을 것이다.

멋져 보이는 건물 입구에 제복 입은 남자들이 몇 보인다. 호텔 드 빠리가 맞단다. '마담 XXX'라고 서류에 적힌 내 매니저 이름을 대면서 이곳의 인턴이라고 말했더니 직원용 통로로 안내해 준다. "메르씨, 봉 스와레." 용기를 끌어 모아 큰소리로 씩씩하게 인사했다. 죽을 듯이 외로웠던 6개월의 첫 밤이다.

그날 밤 이후 나는 더 이상 큰 목소리로 인사하지 못했다. 주눅이 들었고 두려웠기 때문이다. 모두가 그렇게 한다고 해서, 나의 인턴십 이력서에 기재한 뺑튀기 언어 능력 정보(French-working knowledge)가 재앙의 시작이었다. 호텔에서는 프랑스어를 제법 하는 사람인 줄 기대했고, 나는 호텔이니 어차피 영어를 거의 사용할 테고 프랑스어는 눈치껏 알아들으면 될 거라고 생각했었다.(부정직과 무식이 합쳐지면 이런 험지에 떨어지게 된다.)

하우스키핑 부서였는데 내 소개가 끝나자 아무도 내게 말을 걸지 않았다. 물론 일도 시키지 않았다. 모든 매니저들은 철저히 프랑스어로만 말하며 평소와 아무것도 달라지지 않은 채로 일했다. 나는 마치 그곳에서 보이지 않는 사람 같았다. 부서장이던 마담이 프랑스어를 제대로 못하는 나를 가장 당혹스러워했고 이 상황을 탐탁지 않아했다. 그래서 나는 존재하지 않는 존재, 완전한 투명 인간으로 첫날을 보냈다. 그리고 다음날도, 그 다음날도 마찬가지였다.

그들의 영어는 내 프랑스어 수준과 비슷했다. 투숙객들은 영어권 손님들이 있지만 하우스키핑이 고객을 응대하는 경우는 매우 제한적이다. 용기를 내어 무슨 일이라도 시켜달라고 말해볼까 마음을 먹었다가도, 의사소통이 전혀 안 되는 하우스키퍼들을 보면서 다시 포기해 버렸다.(외국어 능력까지 갖춘 하우스키퍼는 거의 없다.) 이곳 부서의 업무는 직접 객실을 청소하고 관리하는 하우스키퍼들을 통해 이루어지는데, 이들과 커뮤니케이션을 못하면 할 수 있는 일이 없었다.(지금 생각은 조금 다르다. 나는 학교에 연락을 취해 조언을 구하거나, 호텔 인사부와 면담을 해보는 노력을 했어야 했다.)

사무실에 우두커니 앉아 객실 정보 시스템을 혼자 내비게이션 하거나 엄청나게 두꺼운 영불 사전을 하루 종일 읽었다. 만일 이것이 운명이라면 프랑스어라도 바짝 해보자고 생각했다. 빈 사무실에서 하루 종일 벙어리로 앉았다가 점심 시간이 되면 호텔 직원 식당에 같이 갔다. "온 니 바On y va"(let's go) 하면 강아지처럼 쪼르륵 일어나 따라나섰다. 부서장을 제외한(첫날 이후 나는 그녀를 거의 보지 못했다) 하우스키핑 매니저들은 모두 심성은 고운 사람처럼 보였다. 대화를 일부 알아듣기도 했고 그 사람들끼리 어울리는 모양새를 가만히 보고 있으면 그렇게 느껴졌다. 하지만 그들은 무뚝뚝하고 내성적인 사람들이었고, 익숙하지 않은 영어로 내게 말을 걸기 불편해했다.

가장 나이가 많은 매니저 한 명이 나를 안쓰럽게 여겨 차츰 그녀가 객실 감독을 하러 나갈 때 나를 데리고 다니기 시작했다. 마치 유치원생처럼 나는 그녀를 졸졸 따라다녔고, 그녀가 호텔 업무나 객실 관리에 관련한 프랑스어 단어를 말해주면 따라 말하면서 외우려 했다. 꽃꽂이에 재능이 있던 그녀는 객실 감독 이외에도 종종 객실용 꽃꽂이를 하곤 했는데, 그럴 때면 나도 꽃방을 드나들었다. 꽃을 집어달라면 집어주고 물이 필요하면 물을 준비해 왔다. 그녀는 마치 이제 말을 배우는 어린 조카를 앞에 둔 것처럼 연신 말을 해가면서 꽃꽂이를 한다.

"꽃을 꽂을 때는 베이스 블록에 깊이 꽂아 넣어야 돼. 아주 깊이. 니가 사랑을 할 때처럼 말이야. 알겠어?"

그러면 나는 모른 척하고 또 알았다고 대답한다. 옆에 있던 다른 매니저들이 깔깔 웃는다. 놀림거리가 되는 것이 기분 좋을 리야 없지만, 나도 같이 웃을 수밖에. 다행히 그들의 눈에는 악의나 멸시 같은 것은 없었다. 그들로부터 인간적인 모멸감까지 느꼈다면……음…… 그건 상상하는 것조차 사양이다.

나를 곤혹스럽게 만든 또 하나의 요인은 내가 머무는 호텔방이었다. 유서 깊은 호텔 드 빠리 내부에는 그곳에서 일하는 사람들이 사는 방들이 있었다.(나 같은 인턴을 포함해서 이 유명한 호텔의 경력을 얻기 위해 숙식 외에는 거의 무보수로 일하는 젊은이들 다수 포함. 물론 20년 전 이야기가 되었다.)

우리 대부분이 아는 몬테카를로는 007 영화에 나오는 그랑 까지노와 니스 해변, 페라리로 질주하는 절벽 해안가 등이겠지만, 내게 허락된 몬테카를로와 그곳에서의 생활은 그와 아주 달랐다. 그런 럭셔리 호텔 내부에 믿지 못할 정도로 허름한, 마치 영화 세트 같은 방이 존재하는지 나는 미처 알지 못했다.

방은 작고 빛이 잘 들지 않아 매우 어둡다. 조명이라고는 호텔이

지어질 때부터 사용한 것 같은 오래된 연식의 테이블 램프와 녹슨 세면대에 붙은 60와트 알전구가 전부다. 하나 있는 조그만 창문은 호텔 배관 시설을 마주보고 있다. 이 호화스런 호텔 안의 또 다른 세상인 내 방에는 (낡은) 작은 책상과 (낡디 낡은) 1인용 철제 침대, (오래된) 목재 옷장, (매우 오래된) 간이 냉장고, 손을 겨우 씻을 수 있는 세면대와 살짝 녹이 앉은 거울, 그리고 공사 현장에서 사용하는 플라스틱 샤워 컨테이너가 들어가 있다.

하루 종일 투명 인간으로 사느라 지친 나는 5시가 조금 넘으면 퇴근해서 이 어둡고 불길한 방으로 돌아온다. 미치지 않고 제정신을 유지하기 위해 얼른 옷을 갈아입고 밖으로 나간다. 화려한 씨티 센터를 뒤로하고 해변을 따라 내려가다 보면 평범해 보이는 식당들이 한두 개씩 나타난다. 거기서 저녁을 먹고 몬테카를로 항구로 내려가 정박된 요트들 너머로 멀고 검은 밤바다를 바라보곤 했다. 호텔로 다시 돌아와서는 주로 프랑스어 공부를 하며 남은 밤을 보냈다. 마지막으로는 일기를 쓴다. 울지 않겠다고 또 다짐한다. 그리고 책상 달력에 하루가 지났음을 알리는 X 표시를 하고 침대로 든다. 그 위에서 몸을 돌릴 때마다 철제 침대는 요란스런 스프링 소리를 내며 내 몸 너머로 출렁인다. 끼익끼익대는 그 소리는 겨우 눌러둔 외로움과 비참함을 열어젖힐 것 같다. 얼른 몸을 바로잡아 소리를 멈추게 한다.

아무것도 일어나지 않는 날들이지만 아주 가끔 사건이 발생했다. 호텔 투숙객들이 요청하는 일 중에 베이비시터가 있었다. 파티나 저녁 식사를 위해 아이를 봐줄 사람을 찾는데 페이도 괜찮아서 영어 하는 베이비시터가 필요하면 외부에서 사람을 찾는 대신 내가 갔다. 어느 날 한 미국인 부부의 아이를 잠깐 돌봐주었다. 이틀쯤 지났을 때 같은 부부가 하루를 더 와달라고 했다. 이번에는 낮 시간.

그 식구와 같이 간 곳은 근처 다른 호텔에 딸린 수영장이었다. 석조 대리석으로 멋지게 꾸민 그림 같은 곳이다. 직사각형의 풀을 가운데 두고 양쪽에는 세련된 컬러의 선 베드들이 늘어서 있는데, 아름다운 블론드의 남녀들이 벌써 그 자리를 차지하고 누워 있다. 그들은 모두 건강하고 날씬하며 구릿빛으로 태운 몸을 가졌다. 지중해의 바람은 더없이 선선하고 코발트블루의 하늘은 이 날도 여전히 높다.

부부는 선 베드로 향하고, 나는 네 살쯤 된 부부의 아들과 수영장에 들어간다. 물 안에서 올려다본 그림같이 아름다운 사람들은 모두 느긋하게 누워 하늘을 올려다보고 있다. 넓은 수영장은 여유롭고 잔잔하다.

　순간 이상한 느낌에 사로잡힌다. 뭔가 자연스럽지 않은 것 같다. 그러고는 문득 물속에는 '특수한' 사람들만 있다는 것을 알아차린다. 네 명 정도의 백인 아이들과 이들을 돌보는 컬러를 가진 이방인들. 이방인 둘은 모두 여성이다. 그리고 이들은 각각 아시아와 아프리카에서 왔다. 나는 살짝 어지럼증을 느낀다. 나는 지금 알 수 없는 과거의 한 시대 위에 서 있는 것이 아닐까……

　나처럼 인턴을 하던 다른 나라 친구들 몇 명과 아주 가끔 클럽에 놀러 가곤 했다. 하루는 피크 타임 전에 들렀는데 클럽이 한산했다. 문득 플로어에 춤을 추는 여자가 눈에 띈다. 매너쉬한 흰색 바지 정장을 멋지게 차려입었다. 그녀의 보디가드처럼 보이는 남자 두 명은 적당한 거리를 유지한 채 그녀 주위에서 맴돌았다. 음악이 바뀌어서 우리 일행도 플로어로 나간다. 어느 순간 하얀 옷의 여자가 내게 말을 건다. 어디서 왔니? 이름이 뭐니? 어설픈 프랑스어로 내가 답을 한다. 어느 순간 여태껏 모르던 세상의 대화가 열린다.

　"있잖아, 너 진짜 매력적이다. 너 같은 여자는 여기서 돈을 굉장히 많이 벌 수 있어."

　직관적으로 섹스 산업과 관련한 제의라는 것을 알았다. 그곳에는 그런 은밀한 비즈니스와 쾌락의 제의가 매우 많다. 호텔에 있으면서 들어 알게 된 스캔들(신통찮은 실력에도 자극적인 이야기는 어떻든 알아듣게 되어 있다) 중에는 정말 믿기지 않는 내용들이 많았다.

그곳에서 나는 늘 미세한 어지럼증을 느끼며 살았다. 내가 매일 깨어나는 이 이상한 나라는 도대체 어딘지, 이것은 아주 특이한 지옥인지(누군가에게는 그야말로 천국이겠지만), 나는 현실 위, 정말 내가 태어난 그 시대와 공간에 있는 건지 헷갈리기도 했다.

세금을 내지 않는 모나코의 특성 때문에 각국의 유명인과 부자들이 이곳으로 옮겨와 살았다. 돈이 많다는 사람들은 정말 상상을 초월할 정도로 많았다. 몬테카를로에 오는 사람들은 세속의 특별한 즐거움과 쾌락을 찾아 이곳에 온다. 돈은 문제가 되지 않았다. 필요한 것은 오직 상상력뿐이었다.

내가 스스로 알고 있던 나로 온전히 서 있는 게 신기할 정도였다. 세상에 내가 모르는 세상이 존재한다는 것을 그때 알았다. 길을 따라가다 우연히 토끼들이 사는 깊은 굴을 통과해 마주치는 알록달록한 원더랜드 같은 곳 말이다.

끝이 정해져 있지 않았다면 아마 견디지 못했을 것이나. 학생이라고 하는 나를 귀속시킬 신분이 없었으면 굉장히 휘둘렸을 것이다.

학교로 돌아오고 다시 사회 생활을 하는 동안 자존감은 서서히 회복되었다.

기묘하고 무서운 꿈을 꾼 것 같다. 절대 다시 꾸고 싶지 않지만, 내가 울지 않고 혼자 그 꿈의 끝까지 걸어간 것이 한편 뿌듯한 꿈이다.

힘든 시기가 올 때마다 말하곤 한다.

그렇게 괴로웠지만 결국 그 시간도 끝이 났잖아.

그러니 걱정 마. 이것도 지나갈 거야.

친구 따라 강남 간다고 호텔 학교 친
구들 몇몇이 월트디즈니월드 인터뷰에 지원한다기에 나도 따라갔
다. 앞으로 중요하게 떠오를 소비자 중심주의가 무엇인지를 배울
수 있을 거라고 했다. 무슨 뜻인지 잘 몰랐지만 꽤 그럴듯하게 들렸
다. 닥쳐올 미래를 먼저 접해보리라는 기대감에 마음이 설레었다.

1998년 밀레니엄 직전에 아주 오랜 시간 비행기를 타고 가서 미
국 플로리다에 내렸다. 엄청난 규모의 월트디즈니 단지는 약간 비
현실적이었다. 월트디즈니월드는 그대로 하나의 도시이나. 사이즈

는 샌프란시스코에 육박한다. 단지 안에서 일하는 근로자만 7만 5천 명에 이르는(2018년 말 현재) 미국에서 가장 큰 단일 고용주이다.

월트디즈니를 조성하는 일을 '이매지니어링imagineering'이라고 불렀다. 상상imagine을 구현해 내는engineering 일이라니, 처음 듣는 순간 근사하다고 생각했다. 적극적인 인간의 의지 같은 것이 느껴졌다. 미국의 개척 정신이 오버랩되었다. 자신 앞에 펼쳐진 광활한 대지를 보면서 번성한 인간의 도시를 마음으로 그려보던 사람들. 그것을 그들은 꿈이라고 불렀고, 꿈은 현실이 될 수 있다고 믿었다.

어쩐지 미국이라는 곳에서는 꿈과 현실이 동떨어진 별개의 것이 아닌 것 같았다. 둘은 한 세트로 늘 같이 다닌다. 꿈을 꾸는 사람은 반드시 현실을 생각한다. "꿈은 이루어진다"(Dreams come true)라는 말도 정말 많이 사용한다. 마치 꿈이라는 것이 저 멀리서 걸어오고 있고, 언젠가는 현실의 문 앞까지 걸어 들어올 것처럼 말이다. 반면에 왠지 우리나라에서는 꿈과 현실이 멀게 느껴진다. 우리에게 꿈은 힘든 현실을 빠져나와 잠시 쉬어가는 어떤 이상향 같은 느낌이랄까? 나만의 생각인가?

꿈과 상상을 사랑하는 미국인들에게 디즈니월드는 일종의 성지이다. 내가 일하던 리조트의 프론트 데스크에 서 있으면 건물을 들어서는 사람들의 표정에서부터 얼마나 이 순간을 기대하고 있었는지를 알 수 있었다. 이곳에 오기까지의 저마다의 사연을 한 보따리씩 쏟아낸다. "You know, I saved 5 years to come here. 5 years!"(나 여기 오려고 5년 저금했어요. 거짓말 안 보태고 진짜 5년이요.) 환호하듯 두 손을 번쩍 들고 큰소리로 이렇게 인사를 건네곤 했다.

1998년 메이저리그 야구에서 홈런 기록을 세운 마크 맥과이어Mark McGwire. 스포트라이트가 쏟아지던 그에게 대회가 끝났는데 이제 무엇을 할 계획이냐고 묻자 "I am going to Disney World"(디즈니에 가야죠)라고 말하던 그 장면은 정말 강한 인상을 남겼다. 우와, 디즈니는 정말 미국인의 마지막 고향 같은 곳이구나 하고 생각했었다.(이것이 진짜 인터뷰가 아니라 디즈니 마케팅이었다는 것은 나중에서야 알게 되었다. 슈퍼볼이나 MLB 같은 경기의 슈퍼스타들이 승리를 축하하면서 "나는 디즈니에 간다"고 말하는 이 캠페인은 분야를 막론하고 여태껏 가장 잘 만든 캠페인 중의 하나라고 생각한다.)

꿈과 환상의 공간은 나에게는 다소 부담스러운 곳이기도 했다. 멋진 곳이지만 모든 것이 너무나 인공적이다. 인간의 손을 타지 않은 그냥 자연스러운 것은 하나도 없었다. 이곳에서 만나는 사람들은 어딘지 과하게 기분 좋아 보이고, 행복한 표정조차 죄다 연습된 것은 아닐까 의심이 갔다.

일하는 사람들도 하나같이 내 기준에는 비정상적으로 친절했다.(정상적인 인간이면 일터에서 그렇게까지 늘, 언제나, 항상 친절할 수가 없을 텐데.) 처음 본 사람과 스스럼없이 대화하는 것이 미국 문화이기는 하지만, 같이 일하는 직원들이 체크인 때 손님을 맞이해서 나누는 대화의 유쾌함(보는 각도에 따라서는 호들갑)과 격의 없음을 보고 있으면 놀랍기만 했다.

그러면 괜히 시니컬해지기도 해서 혼잣말도 한다. "어이구 좋겠어. 행복해 죽겠냐?" 애교도 없고 무뚝뚝한 편인 나는 영 어색했다. 다른 한국 친구들에게 얘기했더니 "좀 그런 면이 있지" 하며 웃고 만다. 차이를 느끼기는 해도 나처럼 그렇게 불편하지는 않나 보다.

이른 아침의 어느 전체 스태프 모임에 참가한 날이었다. 매니저가 주요 상황들을 전달하고 마지막으로 전체를 집중시키며 묻는다.

"Are you ready to get on the stage?"(자, 무대에 오를 준비가 되었나요?)

어찌된 영문인지 그 한 마디가 크게 울리는 날이었다. 디즈니의 오리엔테이션과 트레이닝 세션에서 들었던 모든 내용들이 이 한 마디로 요약되는 듯했다. 일하는 사람들의 일관된 태도와 행동, 이곳의 문화가 비로소 설명되었다.

그들은 이곳을 하나의 커다란 스테이지로 보고 있다. 테마 파크에서 매직 퍼레이드를 하지 않아도 디즈니 리조트 단지에서 배지를 달고 일하는 모든 사람들은 연극 배우이다. 프론트 데스크의 직원도, 청소를 하는 스태프도, 디즈니 버스를 모는 운전기사도 모두 이 약속된 쇼에서 크고 작은 배역을 맡은 출연진들이었다. 그곳에선 근로자들을 캐스트 멤버Cast Member라고 부르더니 그런 이유가 있었던 거다.

디즈니에서 세계 여러 나라를 돌며 굳이 '리쿠르트 투어'(월트디즈니월드는 전 세계를 돌아다니며 각 테마 파크에 필요한 사람들을 현지에서 직접 인터뷰하고 채용한다)를 하는 이유는 각 테마의 경험을 구성하는 데 가장 중요한 요소가 사람이기 때문이다. 에프콧Epcot이라는 파크에서 일했던 내 프랑스 친구는 그곳의 월드 쇼케이스 구역으로 매일 출근했다. 미술 학교를 갓 졸업한 그는 생김새 역시 우수 어리고 비밀스런 느낌이 드는 영락없는 아티스트인데, 프랑스 빌리지 근처의 광장에서 하루 종일 사람들의 초상화를 그리는 일을 하러 미국에 왔다.

나는 폴리네시안 리조트Disney's Polynesian Village Resort에 배정받았다. 실제 하와이 출신의 사람들이 같이 일했고, 한국인이 그쪽으로 많이 배정받는 것은 역시 하와이에 일본 등 아시아계 사람들이 많이 살기 때문이다. 원래 까만 피부에다 모나코에 있을 때 주말마다 엄청나게 태닝을 한 탓에 나는 제법 섬에서 온 사람같이 보였다. 더운 플로리다에 살면서 나는 점점 더 폴리네시아 사람과 닮아갔다.

그런데 내가 맡은 역할을 깡그리 잊고 완전히 쇼를 망칠 뻔한 사건이 있었다.

어느 날 혼자 여행하는 한 젊은 여성이 체크인을 하려고 내 앞에 섰다. 전해준 예약 번호를 찾았지만 예약 시스템에 없다. 프린트된 예약 확인서도 건네주었는데 내 시스템에서는 확인이 되지 않았다. 시간이 얼마나 지났을까, 드디어 그녀의 예약 내용을 찾았다. 체크인이 모레이다.

내가 날짜가 잘못되었음을 인지시키고 예약을 다시 확인해 주자 그녀의 얼굴이 일그러진다. 이미 기다리면서 짜증이 났고, 오늘밤 여기서 잘 수 없다는 사실도 받아들일 수 없다. 마음이 힘든 그녀를 알아차리지 못하는 이 뻣뻣한 직원 때문에 아마 더 화가 났을 것이다. 그녀가 고집을 피운다. 분명히 본인은 오늘부터 방이 필요하다고 얘기했고, 분명히 디즈니 측에서 예약을 잘못 입력한 것이란다.

방을 찾아주고 싶어도 오늘 풀 부킹이라 방을 내어줄 수가 없다. 디즈니 단지 내의 다른 리조트도 알아보았지만 모두 방이 없단다. 그녀는 더 화가 났다. 나도 불편하고 얼굴이 뜨거워진다. 결국 디즈니 내에서는 머무를 수 없고 올랜도 시내의 호텔로 가야 한다. 방을 예약해 주었더니 거기까지 어떻게 가냐고 한다. 택시를 불러주겠다니 택시비는 당신들이 내야 한단다. 이제부터는 내가 화가 났다. 그럴 수 없다고 해서 결국 매니저가 불려나왔다. 그는 택시까지 그녀를 직접 에스코트하고 택시 값도 내어주었다.

　나는 뒤편 사무실로 들어가서는 디즈니가 원칙도 없이 손님한테 오냐오냐 하니까 오만가지 생떼를 다 쓴다고 씩씩거리고 있었다. 그녀는 매니저에게 나에 대한 컴플레인을 이미 한 바가지 쏟아낸 상태였다. 매니저가 들어온다. 이번에는 내가 컴플레인을 했다.

　그가 차분한 목소리로 말했다. 마치 그녀 자신이 된 것처럼 그녀의 오늘을, 오늘 하루 동안 그녀가 느꼈던 기대와 설렘, 당황스러움과 실망감을 차례대로 묘사했다. 그리고 이곳에 도착하기 위해 하루를 꼬박 보내버린 그녀가 지금 느끼는 피로감에 대해서도 얘기했다. 그렇게 내가 그녀의 상황을 직접 상상해 보게끔 만들었다. 그리고 마지막으로 그녀가 여기 디즈니에 머물면서 쓰게 될 비용에

비하면 택시비 따위는 아무것도 아니라는 사실도 상기시켜 주었다.

바로 수긍을 표시하지는 않았지만 내 얼굴은 이미 미세하게 풀리기 시작했다. 그녀의 입장에서 한 번도 생각해 보지 않았기 때문이다. 내가 몇 시간에 걸려 차를 타고 비행기를 타고 또다시 차를 타고 오랫동안 계획했던(어쩌면 5년?) 꿈의 여행지에 도착했는데 그곳에서 이런 낭패를 당했다면, 나는 어떤 표정을 하고 있을까? 당황해 어쩔 줄을 몰라 하는 나에게 그곳 직원이 내가 무엇을 잘못했는지 꼬박꼬박 짚어주기만 했다면 나는 기분이 어땠을까?

호스피탤리티가 어디에서 출발하는지, 고객 중심으로 생각한다는 것이 무엇인지 크게 깨달았다. 그리고 나는 그녀가 오래 벼려왔던 '꿈같은 휴가dream vacation'에 리얼리티를 제공하는 역할을 맡은 사람이었는데, 완전히 나의 배역과 책임을 망각한 것이었다. 필요하다고 판단되는 순간에는 바로 고객에게 마법 같은 순간(그야말로 magic moments)을 선사할 수 있도록 직원들에게 아주 폭넓은 권한을 주고 있었는데도 말이다.

지금 다시 생각해 봐도 그때 그녀에게 따뜻하게 말 건네주지 못해서 미안하다.

나는 디즈니에 있으면서 한동안 "아니, 이건 순전히 페이크(사기) 잖아?" 하고 소리치고 다녔다. 연기하러 극장에 들어와서는 배우가 줄곧 그런 헛소리를 하고 있었다는 뜻이다.

셰익스피어는 우리는 인생의 배역을 연기하는 배우로 산다고 했다. 인생 자체가 연극이고 무대인데, 일이야 더 말할 것도 없다.

P.S. 오늘의 슬픈 역설은 이제는 우리가 배역에 빠져 정작 본인을 망각한다는 사실이다. 삶의 예술가로 산다는 것이 왜 이렇게도 어려운 걸까?

동생이 출산했을 때 일이다. 병원으로 옮겨가자마자 바로 나에게 전화를 걸었다. 남편이 어련히 맡아서 처리할 일을 수백 킬로미터 떨어져 사는(심지어 결혼도 안 한) 나에게 묻고 부탁하려 한다. 분만대기실이 주는 긴장으로 목소리마저 바삭거리는 것 같은 동생은, 남편이랑 시아버지 일로 어젯밤 크게 싸워서 지금은 말도 섞기 싫다고 했다. 만삭의 며느리에게 식사를 차리라고 (동생이 보기에) 종용을 하셨고, 출산이 임박한 동생은 그날 몹시 힘들었고, 순간 화가 많이 났었나 보다. (동생이 보기에) 남편이 아버지 편을 들자 그 자리에서 분노가 폭발했고, 동생은 자신의 감정을 감추지 않았다고 내게 털어놓았다.

이야기를 들은 나는 동생에게 공감했다. 같이 화가 났다. 동생은 분명 부당한 처사를 당했고, 시대가 변해도 변화는 너무나 더디다고 동조해 주었다.

시간이 얼마 지난 후 엄마를 만났을 때, 출산한 딸을 보러 산후조리원에 다녀온 이야기를 하셨다. 친정엄마를 만난 동생은 속에 있는 이야기를 더욱 입체적으로 쏟아내었나 보다. 동생의 과감한 언사를 들으며 엄마는 간이 철렁했다고 하셨다. 예민한 산모에게 야단을 칠 수도 없고 그렇다고 그냥 편을 들어줄 수도 없어서 난감했다며, "아무리 속상해도 설마 그런 식으로 어른한테 말은 안 하겠지?" 하고 내게 물으셨다. 요즘 세대 어른도 아니고, 그 시절 평균의 의식을 가지고 있는 양반인데, 딸이 너무 예민하단다.

당연히 딸 편을 들 거라고 생각했던 나는 좀 놀랐다. 무조건 자식 편을 드는 분은 아니었지만, 그래도 이 경우에는 엄마 앞에 있는 많은 입장 중에서 '여자의 입장'에 설 줄 알았다. 그런데 출산의 순간까지도 일방적으로 가사의 책임을 요구받아야 하는 같은 여자로서의 안타까움보다 엄마의 마음을 더 크게 건드린 것은 어른을 대하는 동생의 말과 태도였다. 공손하지 않았을까봐, 감정 때문에 혹시 예의에 벗어났을까봐 그게 마음에 가장 걸리는 것 같았다.

잠시 혼란스러웠다. 나는 엄마가 우리 엄마가 된 이후, 여성이라는 성을 가지고 겪은 그 세월들이 회한일 것이라고 마음속으로 늘 생각해 왔다. 그래서 동생이 속상함을 토로하던 순간에는 엄마가 속한 많은 세계 중에서도(이를테면 '여자라는 젠더' '우리 가족이라는 테두리' '엄마가 속한 1940년대 출생 세대들' '엄마의 동향 사람들' 등등) 여자라는 젠더의 세계가 가장 우선적인 세계로 선택될 줄 알았다.

나에게 말을 건네는 엄마는 다른 세계에 서 있었다. 나는 '여자'의 세계에 서서 엄마를 기다렸는데 엄마는 (1940년대 출생) '세대'라는 세계에서 상황을 읽었고 그렇게 답한다. '아, 우리는 지금 서로 다른 세계에 서서 말하고 있구나' 하고 생각했다. 잠시의 순간이었지만, 그때 우리는 아뜩하리만큼 아주 멀리 떨어져 서 있었다.

엄마와의 거리감을 인지하자, 내 주위의 모든 것이 살짝 다르게 느껴진다. 엄마는 지금 나와 다른 것을 보고 있겠구나, 저쪽의 세계에서 바라보면 또 다르게 보이겠구나 하는 생각이 들었다.

동생과 대화를 시작하는 순간부터 나는 '여자의 세계'에 곧장 입장해서, 그 전용 헤드폰과 안경을 착용한 채 상황을 보았다. 나는 동생에게 감정이입했다. 나는 여자였고, 며느리였고, 슈퍼우먼의 역할을 맡은 자였다. 그 시선을 가지고 모든 정황을 보고 해석했다.

판단이 내려졌고 감정이 크게 일었다.

엄마의 말이 나를 그 자리에서 잠시 떼어놓았다. 다른 쪽에 이입하면 이 상황이 어떻게 보이는지 궁금해진다. 타인이 속한 우주, 인간 각자가 살고 있는 저마다의 세계에 대해 생각이 이른다. 옳고 그름을 판결하려는 마음이 잠시 사라졌다.

로마에 가면 로마 법에 따르라고 한다. 앞의 이 에피소드에서 로마는 과연 어디일까? 로마에 입성한 자는 누구일까? 시어른과 같이 사는 곳이 로마이므로 로마에 간 것은 동생인가? 아니면 현대라는 시간을 자식의 새로운 가족들과 함께 살고 있으니 그 어르신들이야말로 로마의 여행자들인가? 우리는 모두 상대방이 로마 땅(내가 살고 있는 이곳)에 발을 디뎠다고 여길지 모른다. 그래서 상대가 로마 법을 따르기를 기대한다. 마치 무기를 던지고 투항하듯 자신 앞에 상대가 가진 가치들을 고스란히 내려놓을 것을 원할지도 모른다.

문득 그 시아버지에게 있어서는 매우 당연한 일상이었을 것이라는 생각에 이른다. 그와 그의 부모가 속한 세상으로부터 그는 그렇게 보고 자랐고, 그의 아내는 시대의 법도에 따라 그를 대하고 섬겼을 것이다. 아무도 그에게 합리성이나 현대적 가치에 대해 묻지 않았다. 그가 살아간 시대의 그림이 고스란히 그의 머릿속에 그려져 있다.

그러면서 화는 차츰 사라졌다. 동생 때문에 무의식적으로 내 가슴에도 생겨난 부당함에 대한 분노가 사그라졌다. 그는 시대의 산물이다. 다만 아쉽게도 그는 시대를 앞서가지는 못했다.

오랜만에 신영복의 《강의》를 다시 읽었다. 조국의 변혁기를 겪으며 성장하고 공부했던 신영복 선생님의 역사와 그 해설을 따라가자니 문득 비슷한 시기 내 아버지가 살아왔던 삶은 어떠했을까 궁금해졌다.

왜 한 번도 궁금하지조차 않았는지 모르겠다. 앞에 놓인 노트에 아버지의 태어난 해를 비롯해 내가 알고 있는 대강의 개인 역사와 시대를 써가며 연혁 비슷한 것을 끼적거려 보았다. 아버지는 일본에서 태어났다. 식민 통치하던 일본이 패하고 조국이 해방되기 직전이다. 일본어도 한국어도 할 수 있는 소년은 여섯 살이 되자 부모를 따라 배에 오른다. 많은 조선인들이 함께 타고 온 그 배는 그의 부모가 고향이라고 부르던 낯선 땅에 닿는다.

여전히 가난한 것은 같다. 국민학교에 들어가서는 대한민국이라는 나라가 건국되었다고 배웠겠지만, 어린 소년에게 그것이 어떤 의미였는지 나는 알지 못한다. 열한 살이 되자 전쟁이라는 것이 나고 가끔 요란한 비행기 소리와 폭격 소리를 들으며 살았을 것이다. 경남의 산골 지대라 세상의 흉흉함보다 당장의 배고픔이 더 큰 적이자 공포였을지도 모르겠다. 대대손손 동포였던 사람이 적이 되고 우리 땅은 나뉘어져 더 작아졌지만, 일본에서 태어나서 한국의 산골에서 하루 종일 농사일을 도와야 하는 소년도 그 사실을 알고 있었을까?

그 시대를 산 대다수의 어르신처럼 우리 아버지도 어머니도 모두 가난했다고 들었다. 허기를 달래려면 무엇이든지 먹어야 했고, 돈을 벌 수 있는 일이라면 닥치지 않고 하면서 가족의 목숨을 부지하던 시절을 사셨다.

우리가 같이 정치 이야기를 하지 않은 지는 오래되었지만(매번 싸우니까) 내 기억으로 부모님은 한 번도 시대의 그림자에 대해 말씀하시지 않았다. 지금 생각해 보니, 어릴 때에는 산골에서 농사를 짓고 장성해서는 장사를 하며 밤낮으로 생업에 매진해야 했던 그들에게 시대의 다른 높은 가치들은 아직 멀기만 했으리라.

일본과, 전쟁과, 대한민국 건국과, 독재와 새마을운동이라는 세계를 차례로 넘나들며 혼란과 폐허에서 살아남는 것이 인생의 과제였던 아버지에게 내가 뭐 다른 것을 바랄 수 있을까? 합리적이지 못하다고, 미래지향적이지 않다고 비판하고, 논쟁에서 굳이 이기려 해야 할까?

나는 그의 속에 든 세계를 모른다. 너무도 많은 것들이, 셀 수 없는 시간과 사건들이, 내가 아직 들어본 적도 없는 가치와 생각이 아버지의 세계 속에 들어 있다. 켜켜이 쌓아진 그의 세계는 곧 80년을 맞을 것이다.

나는 어쩌면 달라질지 모르겠다.

이해할 수 없는 사람들을 여전히 이해하지 못하겠지만, 적어도 내가 더 합리적이라는 믿음으로 다른 세계의 사람들을 예전처럼 몰아세우지는 않을 것 같다. 여전히 속으로 욱하는 것을 어쩌지 못하더라도, 적어도 일방적으로 미워하거나 더 크게 성내지는 않을 것 같다. 우리 사이에 놓인 바다가 이렇게 넓다는 것을 계속 떠올릴 수 있다면 말이다.

우리 아버지에게 그의 역사를 한번 물어야겠다.

　　　　　　12월에는 네팔에 있었다. 이 사람 저
사람 모여서 이미 지난 1년 동안 신물 나게 했던 이야기를 반복하
는 별로 새로울 것 없는 송년 모임보다는 훨씬 신선한 선택 같았다.
　　언제부터인가 히말라야를 한번 가야겠구나 하고 막연한 생각
을 갖고 있었다. 회사를 그만두고 휴식을 취하기로 하면서 히말라
야에 갈 완벽한 기회가 왔다.

　　히말라야를 다녀왔다고 하니 많은 사람들이 내가 엄청난 원정
을 다녀온 줄 안다. 그 위험한 곳을 어떻게 갔었냐고 물으며, 나의

체력과 정신력을 거의 우주인 급으로 찬양하기도 했다. 물론 사실을 잘 모르고 하는 말이다.

정확하게 표현하면 히말라야 트레킹이다. 코스를 짜기 나름이지만, 히말라야 산맥의 유명한 포인트를 가까이에서 느낄 수 있도록 대부분 10일에서 15일 정도 다녀온다. 텔레비전에 나오는 거창한 히말라야 등정은 이른바 산악 대장들이 셰르파들과 함께 오르는 '길 없는 길'이다. 보통 4~5천 미터에 있는 베이스캠프에서 그 험한 길이 시작되는데, 일반인이 오를 수 있는 마지막 포인트가 베이스캠프라면 특별한 사람들은 바로 이 지점에서 탐험을 시작한다. 허가도 다르고 동행하는 인력과 그들의 전문성도 다르다. 얼굴에 고드름이 끼고 눈사태가 나고 뭐 그런 걱정은 일반 트레킹에서 하지 않아도 된다.(너무 많은 사람이 물어봐서 굳이 이곳에 이렇게 적는다.)

태극기를 가지고 가는 분들도 바로 그런 분들이다. 나 같은 사람은 그저 내 몸뚱이만 챙기면 되었다.

고저가 다른 길을 매일 6~7시간 정도 걸었다. 오르막과 내리막을 오가다 보면 며칠 후에는 3천 미터, 그리고 또 며칠을 걸으면 4천 미터에 닿는다. 걷는 길에서는 마을도 보이고 강도 보이고 저 멀리 그림 같은 히말라야의 고봉들도 눈에 들어온다. 끝도 없는 돌계

단을 올라야 할 때는 눈앞이 아뜩해지면서 혹시 낙오하는 거 아닌가 하고 은근히 걱정이 되기도 했다. 오르막이 고통이었을 때에는 내려가는 모든 길이 구원이 될 것 같았는데, 몇 시간을 내리 그냥 내려와야만 하는 길에서는 다리가 후들거려 정신을 정말 바짝 차리지 않으면 곧바로 아래로 꼬꾸라질 것만 같았다. 내 차 트렁크에서 언제나 잠만 자던 등산 스틱이 히말라야에 와서는 대활약을 펼쳤다.

산을 넘으면 산골 마을과 만났고, 마을을 걸어 들어가다 보면 다시 조용한 산길이 이어졌다. 마르고 허허한 지형도 지나고, 수풀이 제법 무성한 곳도 통과한다. 걷는 길과 보는 풍광이 매일 달라 심심하지 않았다. 13박 14일 동안 트레킹하면서 많은 경우 가벼운 긴팔 재킷을 입었지만, 반팔 셔츠로 다닌 날도 있었고, 이틀은 방수 방풍 재킷까지 갖춘 완전무장도 해보았다. 기온이 급격히 떨어지는 밤에는 방 안 온도가 영하 10도 이하로 내려가기도 했다.

산 위에서 먼지를 마시는 것은 생각만큼 불쾌하지 않았다.(카트만두 같은 도심에서는 물론 참담하다.) 시루떡 고물 같기도 한 노란색 흙먼지는 한낮에 온도가 오르면 땅에서 마치 아지랑이 피듯이 올라온다. 나는 호흡기와 눈이 약해서 조금만 공기가 좋지 않아도 예민해지는데, 이곳의 흙먼지는 이상하게도 그렇게 힘들지 않았다. '털면 되지 뭐' 하고 생각한다.

하루 트레킹을 끝내고 숙소에서 바지와 재킷을 벗어 툴툴 탈탈 먼지 터는 것도 새로운 경험이다. 모든 숙소의 문간 앞에는 빨랫줄이 쳐져 있는데, 늦은 오후가 되면 하루 일정을 끝낸 옷들이 옆으로 누운 '큰 대人 자' 모양으로 쉬고 있다. 일몰이 오면 히말라야의 모든 것들은 이렇게 휴식한다.

밥 많이 먹고 하루 밤 자고 나면 육체의 피로는 견딜 만해졌다. 자고로 사람은 마음 편하면 장땡이다. 새로운 하루의 길을 나서면, 몸의 이곳저곳이 쑤시고 무릎이 아프다는 사실은 또 금세 잊혀졌다. 히말라야에 왔는데 '이까이꺼' 견뎌내야지 싶었다.

물론 탈이 나기도 한다. 일행 중 한 명은 트레킹 초반에 시작된 허벅지 근육 경련 때문에 고생했다. 30분 단위로 쉬면서 마사지를 해주어야 했는데, 그러면 겨우 절뚝거리며 또 30분을 걸을 수 있었다. 그녀는 끝내 포기하지 않고 며칠이고 그 고통을 견뎌냈다. 웃음을 잃지도 않았다. 씩씩하게 밥도 많이 먹었다. 진심 멋있었다.

사실 많은 사람들에게 가장 큰 위기는 베이스캠프 지점이다. 보통 트레킹 코스의 가장 높은 곳에(안나푸르나 베이스캠프 4,130미터, 에베레

스트 베이스캠프 5,364미터)에 이르기 때문에 대부분 고소 증상을 겪는다. 산소 부족이 인간 육체에 어떤 반응을 일으키는지 체험할 수 있는 과학 체험 교실 같았다. 내 몸은 책에 적혀 있는 대로 정말 아주 천천히만 움직여질 뿐이다. 슬로비디오를 찍는 것 같다. 내가 의지를 가지고 그렇게 움직인 것은 아니다. 그만큼이 지금 내 몸이 낼 수 있는 최대 속도였다. 몸속 피가 최대한 품을 수 있는 산소, 그리고 그 산소가 끌어낼 수 있는 최대한의 속도 에너지였다.

3,500미터에서 시작해서 안나푸르나 베이스캠프까지 겨우 600미터를 올라가는 것이 영원처럼 느껴진다. 몽롱하고, 무겁고, 사방이 느려진다. 두통은 머리를 죄어오고, 폐는 3분의 1 크기로 쪼그라든 것 같다. 가슴이 갑갑하다. 거북이걸음으로 다섯 걸음 걷고 가슴을 젖혀 크게 한 번 심호흡하는 템포로 오른다. 느린 걸음이지만 그렇게 뚜벅뚜벅 오르니 신통하게도 또 목적지에 이르러진다. 하나의 목표를 달성한 감격의 순간이 고통을 잠시 잊게 하지만, 숙소에 들어가는 순간부터 두통은 더 심해진다.

결국 밤을 꼴딱 샜다. 추위를 잘 견디는 나도 너무너무 추웠다. 추위 때문에 한 번, 두통 때문에 또 한 번, 그렇게 45분 단위로 깨곤 했다. 이것이 히말라야의 일부라면 받아들여야지 하고 생각한다. '이것도 내가 여기 올 때 기대한 것들의 일부잖아' 하는 의젓한 생각도 잠시, 곧바로 앓는 소리다.

'아, 정말 미치겠다. 내 머리 어떡할 거야~'

여행 가기 직전에 네일숍에 들렀다. 손톱도 말끔하게 자르고 발에는 기분 좋아지는 색을 입혔다. 눈은 움직임이 바쁜 손에다 고정한 채, 숍에서 일하는 언니가 말을 건다. 한동안 손질을 못할 테니 최대한 바짝 잘라달라고 했다. 어디를 가냐고 묻는다. '별로 재미없어 할 텐데' 속으로 생각한다. 왠지 네일숍의 이 예쁜 언니는 도시를 벗어나본 적이 없을 것 같다. 네팔을 간다고 했더니 거기 가면 뭐가 있냐고 묻는다.

"산이요. 히말라야."

해맑은 목소리가 포기하지 않고 돌아온다.

"산 말고는 뭐가 있어요?"

"산밖에 없어요. 히말라야 보러 가요."

3초간 침묵.

그럴 줄 알았다니까, 왜 괜히 물어봐서 서로 뻘쭘하게 만들어요?

나는 등산가가 아니다. 최고봉을 찍고 오는 게임에는 흥미가 없다. 산에 다녀와서 그 산을 정복했다고 말하는 사람을 만날 때면 심한 거부감이 든다. 우리가 과연 무엇을 '정복'한단 말인가? 온 힘을 다해 기껏 몇천 미터 올라 사진 찍고 오는 것이 정복이라는 것인가?

트레킹을 하는 이유는 그냥 그 단순함이 좋아서다. 자연 속에서 나의 몸과 마음을 걷기라는 단순함에 묶는다. 내면이 단순해지면 의식이 제법 잘 작동한다. 작은 지류들이 큰 물줄기로 합쳐지듯이, 생각도 중요한 것 중심으로 한데 모여든다. 그리고 휴식이 찾아온다.

힘들지 않느냐고 물으면 당연히 힘이 든다. 그런데 그 고통이야말로 필요한 것이다. 육체의 고통은 모든 것을 압축시키며 가장 중요한 것만 남긴다. 그때 우리는 단순하고 가벼워진다. 몸이 느끼는 고통의 장막을 살짝만 거둬내면 그 안에 있는 것은 고요와 평온이다. 오늘도 많은 사람들이 걷기와 트레킹을(그리고 히말라야를) 선택하는 이유이다.

히말라야에는 모든 것이 부족하다. 부족한 전기는 특히 생활의 여러 가지 불편함을 낳는다. 사실 불편함이란 도시에서 아낌없이 전기를 쓰던 외국인들에게 해당하는 말이다. 보니 이렇게 살던 사람들은 몸에 익어 익숙하다.

산악 지대이다 보니 일단 해가 떨어지면 매우 춥다. 그래서 반드시 아직 해가 있을 때 숙소에 도착해야 한다. 전기가 부족하니 롯지와 방은 매우 어둡다. 정확히 표현하자면, 방이라기보다는 그냥 벽과 천장이 가려진 독립된 칸막이에 가깝다. 안에는 침낭을 놓을 나무 플랫폼과 아이 주먹만 한 60촉 전구가 하나 있을 뿐이다. 독서를 친구삼아 적막한 히말라야의 밤을 보내려던 나의 계획을 깨끗이 포기했다.

부족한 전기는 어둠을 밝히는 최소한의 조명에 사용할 뿐이고 실내 난방은 하지 않는다. 식당이 난방이 제공되는 유일한 장소인데, 그마저도 밤 9시 정도면 꺼진다. 뜨거운 물 역시 매우 귀하다. 모든 노하우를 총동원해서 할 수 있는 한 가장 빠른 속도로 씻고 나온다. 1달러를 냈지만 온수가 언제 끊길지 조마조마하고, 기다리는 다른 사람을 위해서라도 빨리 씻어야 한다. 그리고 샤워하는 곳이 너무 추워서 도무지 오래 있을 수가 없다. 귀한 온수 때문이 아니라도, 고도가 높을수록 샤워나 머리감기는 체온을 떨어뜨릴 수 있어 위험하기 때문에 자주 하지는 않는다. 사실 대충 닦거나 씻어도 별로 불쾌감이 없었다. 워낙 청정한 곳이기도 하고 건조하기 때문에 먼지만 털어내면 되었다.

모든 것이 부족하니 불편하긴 했지만 그렇게 싫지만은 않았다. 부족함은 대신 단순함을 선물해 주었다. 도시에서 내가 세면하는 데 약 10단계 스텝이 필요했다면 거기선 3단계로 압축되었다. 손부터 씻고 1차 세안과 2차 세안, 제일 먼저 바를 것은 이것, 다음엔 저것, 그러고는 이것을 뿌리고 붙이고 등등 이런 것들은 모두 저절로 부질없어졌다.

꼼짝없이 아무것도 안 하겠다고, 그것이 목표라며 여행을 떠나는 사람들이 있다. 혹은 색다른 재미와 경험으로 자신을 채우려고 여행하기도 한다.

나는 좀 비워내고 싶었다. 내 속에 꽉 들어차서 무거워진 것들을 버리고 오고 싶었다. 마음이 훨씬 편안해져서 돌아왔다. 뭔지 모르지만 쓸데없는 몇 가지를 그곳에 버리고 온 것같이 좀 가벼워졌다.

히말라야는 육체적으로 힘이 들기는 했어도, 마치 시골 할머니 집에 온 것처럼 마음이 편하고 따뜻했다. 내가 어떤 모습이어도 "내 새끼 이쁘다" 하고 평가 없이 사랑해 주는 할머니 같았다. 무릇 깊은 자연이란 그런 존재인가 보다.

사람들은 아무 볼 것도 없고 걷기만 하는 그런 불편한 곳을 왜 가느냐고 묻는다. 뭘 보러 가는 여행은 이미 많이 해보았고, 사실 무엇을 보기 위해 여행 가는 그야말로 관광sightseeing 시대는 이제 끝나지 않았나? 지금은 내 집에 앉아서 우주 행성을 볼 수 있는 시대이다. 그리고 우리는 이미 시각적 공해와 정보의 폭발 속에서 산다. 딱히 더 봐야 할 것은 없다. 그것이 또 걷고 싶어지는 이유이다.

내가 내 몸과 친해진 것은 꽤 최근의
일이다. 지금 나는 내 몸이 꽤 마음에 든다. 이런 몸을 가지고 살게
된 것은 '이제 보니' 행운이고 감사한 일이라고 생각한다. 내 몸은
고장도 별로 없이 튼튼하고, 아프다고 징징대지 않는 우직함도 있
고, 귀를 기울이면 내가 알아야 할 신호도 잘 보내준다. 요가를 하
면서 몸과 대화를 나누는데 말이 꽤 잘 통하는 친구라는 걸 알았
다. 게다가 생긴 것도 '이제 보니' 딱 내 취향이다.

몸은 사실 한 번도 내 마음에 든 적이 없었다. 몸에 딱히 마음

을 보내거나 정성을 들이지 않았으면서도 예전에는 그것이 늘 멋지기를 기대했다.

몸은 나에게 속하면서도 항상 타인이 좋아해야 했다. 그것이 내가 내 몸을 좋아할지 말지를 결정했다. 육체의 물질적 속성 중에도 나는 그것의 외형과 껍데기에만 관심이 있었다. 육체는 내가 아니었지만, 육체의 모습은(how I look) 나로 인식되었다. 호르몬이 맹위를 떨치던 시기에는 특히 그랬다.

다행히도 꽤 건강한 편이라 나는 내 몸의 거죽 아래에 뭐가 있고 어떻게 돌아가는지 알지 않아도 되었다. 복 받은 인생이었다.

막 서른이 되었을 때 나보다 몇 살 많은 선배 언니가 푸념하는 소리를 들었다.

"요즘 거울을 보면 내가 더 이상 아름답지 않다는 생각을 하게 돼. 얼굴도 그리고 몸도."

자아가 강하고 자신만만하고 '뭐든지'("진짜?"라고 다시 물어봐야 할 정도로) 할 수 있다던 무한 긍정의 아이콘이 하는 말로는 어울리지 않았다.

그녀는 육체의 젊음이 정점을 지나 하강하는 그래프를 보았고, 자신의 몸이 서서히 늙어가고 있음을 알아챘던 것이다. 짧은 말이었지만 그 얼굴에서 그녀가 겪고 있는 감정의 소용돌이가 느껴졌다. 그것은 아쉬움이었고, 두려움이었고, 피하고 싶지만 그럴 수 없음에서 오는 절망감이었다.

　명상가인 래리 로젠버그Larry Rosenberg는 자신의 에세이에서(타이틀은《잘 죽는다는 것》인데, 이렇게 적으면 이상한 사람 아닌가 하고 덜컥 의심부터 할까봐 미리 일러둔다. 그는 멀쩡한 사람이다. 하버드 의과대를 비롯해 여러 대학에서 심리학을 가르쳤고, 현재는 명상을 지도하고 책을 쓴다) 노화와 병듦, 죽음에 친밀해지는 것이 얼마나 우리를 자유롭게 해주는지를 말한다.

　누구도 피해갈 수 없는 인간의 조건인 생로병사를 다양한 수행법과 전 세계의 큰 스승들과의 만남을 통해 성찰하는 그의 글에서, 육체를 바라보는 관점이 특히 마음에 와 닿았다. 남방 불교에서 행하는 명상법 중에 부패하는 시체를 지속적으로 관찰하는 것이 있다. 부패하는 시체의 사진을 오래 들여다보기도 하고, 스님들의 경우 실제로 죽은 사람(시체)의 곁에서 며칠 동안 육체의 소멸 과정을 지켜보기도 한다.

　이러한 명상은 우리로 하여금 육체가 사는 것은 일시적이라는 것을 알아차리게 한다. 그래서 그 짧은 인생을 더 소중하고 값지게 여기도록 만든다. 아주 약간의 시간 차이는 있지만, 이 땅에 온 모든 인간은 일정 기간 물질로 존재하다가 사라지게 된다. 잠시 내 존재를 담고 있었던 '집'(육체)의 불은 꺼진다. 집은 서서히 해체되어 흔적도 없이 사라질 것이다. 결국 잠시 머무는 것이니 연연해할 필요가 없고, 어차피 매일매일 계속 변하는 것이니 젊음과 건강을 붙잡거나 시계를 늦추려고 너무 애쓰지 말자는 뜻이다.

  낯설지만 강렬한 인상을 남긴 글이었다. 그 인상 때문인지 얼마 지나지 않아 나는 아주 특별한 명상 체험을 하게 되었다. 명상에서 나는 이번 생에서의 마지막 하루를 보내고 있었다. 작은 방에 이불을 깔고 누워 있는 내가 보였다. 방은 단정하다. 모든 것이 잘 정리되어 있다는 느낌을 받았다. 사위가 조용하고 따뜻했다.

  마지막임을 알고 있는 나는 세상과의 작별 인사를 하려 했다. 먼저 눈을 아래로 보내 이불 위를 살핀다. 오래된 육체는 이미 수분을 거의 잃었다. 수축되고 홀쭉한 피부가 뼈 위로 느슨하게 친 텐트처럼 간신히 고정되어 있다. 살짝 뒤틀린 부분도 있지만 전반적으로 꽤 반듯한 몸이다. 순간 감사한 마음이 올라온다.

  '고맙다. 오랜 시간 고생 많았어. 너 덕분에 이번 인생을 잘 보냈다. 많은 일을 같이 겪었지? 고장도 잘 안 나고 씩씩하게 잘 견뎌주어서 감사하다. 나는 네가 참 마음에 들었어. 여기서 이제 헤어지

는구나. 진짜 고마워. 안녕.'

신비한 체험이었다. 몸과의 마지막 인사를 시작으로 죽음의 나머지 단계들을 거쳤는데, 전혀 무섭거나 불편한 마음이 들지 않았다. 그 이후로 내 몸이 훨씬 각별하게 느껴졌다. 감사한 마음도 사라지지 않았다.

나는 옛날에 서른이 될 날을 무척 기다렸다. 멋진 성인이 되는 그날이 정말 기대가 되었다. 그런데 마흔은 달랐다. 그 뒤에 뭐가 있는지 모르니 그저 무섭기만 했다. 여성들은 마흔이 넘으면 마치 어디론가 사라지는 것 같았다. 신기하게도 나이가 든 여자는 내 주위에 남아 있지 않았다. 특히 어머니가 아닌 여성은 잘 보이지 않았다. 나는 아내나 어머니가 아닌 여성으로서 사는 마흔의 느낌이 무엇인지 모르는 채로 마흔을 맞았다. 이제 인생이 내리막길로 가는 것은 아닌가 걱정도 했다.

내 몸이 스무 살 때처럼 매끈하고 단단하지 않아도 그렇게 크게 마음 쓰이지 않는다. 적어도 아직까지는 그렇다. 그런 것으로 마음이 심하게 휘둘릴 것이라면 인간은 서른을 넘으면 온통 비통해할 것밖에 남지 않는다. 늙고 병들고 죽는 것밖에 안 남았다고 매일을 울며 살아야 한다.

종종 사람들이 묻는다. 20대로 돌아가고 싶냐고.

아니, 전혀 그렇지 않다.

몸도 마찬가지다.

그때는 그때여서 좋았다. 지금은 지금이어서 좋다. 지금의 내 몸도 마음에 든다.

내 욕망 중에 유난히 두드러졌던 것은

'세계 학습' 욕구였다.

　세상이 어떻게 생겼는지, 어떤 곳인지 알고 싶었다. 그것은 익숙

한 영토와 세계에서 벗어나, 다른 새롭고 낯선 곳에 직접 발을 들이

고 이제까지와는 또 다른 일상을 꾸려본다는 것을 의미했다. 내 속

의 욕망을 연료로 삼아 꽤 오랫동안 세상의 이곳저곳을 부유했다.

　그때 나는, 세상을 돌아보고 세계의 지식을 얻는 것이 자신을

완성하는 길이라고 믿었던 것 같다. 그래서 나의 시선은 항상 외부

세계를 향해 있었다. 나를 세상의 것들로 가득 채워야 한다고 생

각했다. 늘 텅 비어 보이는 나를 그럴듯한 사건과 체험 속으로 계속해서 밀어 넣었다. 어릴 때 방학 일기를 쓰려고 기발한 사건들을 기획하는 것과 같았다.

　좀 엉뚱하게 들리겠지만, 톨게이트 요금소에서 일하는 사람들은 항상 나의 상상력을 자극했다. 왜 그런 마음이 들었는지는 모른다. 어느 때부터인가 작은 상자 안에서 보내는 요금소 직원들의 하루 일과가 궁금했다. 도로 위에서 이뤄지는 아주 짧고 기계적인 휴먼 인터랙션 말이다.
　가장 작은 세상을 사는 사람들이지 않을까 생각했다. 그 상자 안은 어떤 세계일지 혼자서 상상해 보곤 했다. 그곳에서도 좋은 일과 나쁜 일이 매일 벌어지겠지? 주로 낯선 길에 오른 이에게 정보를 주는 일이 많겠지만, 요금을 놓고 실랑이도 벌어질 테고, 분명 믿기지 않는 기상천외한 일도 일어날 것이다. 그 짧은 시간에도 여성 직원의 손을 쓰다듬는 이상한 인간들도 있다니 말이다.
　2미터 남짓한 정육면체 상자 속에서 하루의 많은 시간을 보내는 사람들. 통행 차량에 탄 사람들과 매우 한정된 접촉만으로 이뤄진 일상에서 그들은 무엇을 보고 느낄까? 나의 하루는 조금도 새로워지지 않고 나아지지도 않는다는 생각이 들지는 않을까? 그들의 사회 생활에도 발견과 깨달음, 성장 같은 것이 있을까?

세계 지식인 병에 걸려 있던 나에게는 가장 큰 의문 중의 하나였는데, 이 생각에도 분명 모순이 있었다. 그런 논리라면 여행가들이야말로 진정 지혜로운 자요 깨달은 사람일 것이다. 부유해서 어렸을 때부터 여러 나라와 도시를 자연스레 많이 왕래한 사람들이 세상에 대한 가장 넓은 이해를 갖추게 되겠지. 직업과 부가 지혜롭게 사는 것의 조건일 리는 없을 텐데 말이다.

뫼비우스의 띠 같은 의문을 품고 살다가 영화 〈패터슨〉을 만났다.

주인공은 시를 쓰는 시내버스 운전수. 그는 패터슨이라는 작은 도시에 살고, 패터슨 시를 도는 시내버스의 노선은 짧다. 그는 수년째 거의 같은 노선을 돌고 있다. 그의 하루 역시 매일 똑같다. 매일 아침 같은 시각에 일어나 콘플레이크로 아침을 때우고 그가 소속된 회사의 버스 차고지까지 걸어간다. 운전수 자리에 앉아 버스 출발 시간까지 마음을 모아 시를 쓴다. 버스가 출발한다. 점심은 늘 같은 장소. 집에서 싸온 소박한 점심을 입에 넣고 마음을 모아 또 시를 쓴다. 오후 노선이 출발한다. 집으로 돌아와 와이프와 저녁을 먹는다. 개를 데리고 동네 산책을 나간다. 동네 펍에 들러 맥주 한

잔 한다. 돌아와 잔다. 하루 중에 바뀌는 것이라고는 없는 것 같다. 적어도 많은 사람들의 눈에는 그렇게 보인다.

단순한 패턴이 무한 반복하는 듯한 그의 일상은, 우주적 시점에서 바라본 모든 인간의 일상과 같다. 그가 50킬로미터 노선의 지역 버스를 몰든, 그레이하운드로 거대한 미국 대륙을 횡단하든, 혹은 서울에서 뉴욕을 향해 날아오르든 멀리 떨어져 바라보면 그것은 모두 같은 것이다.

그 작은 공간, 아무것도 일어나지 않는 것 같은 시간과 공간 속에서 사실은 많은 것들이 일어나고 사라진다. 남자는 그것을 알아차리고, 그것이 그의 시가 된다. 시인의 버스에 탄 승객들의 대화를 통해 그는 남자들의 시시껄렁한 연애사와 허풍, 그리고 그런 것들을 통해서나마 작은 위로를 얻고 싶은 그들의 소망까지 금세 이해한다. 세상사에 진지한 학생들은 수백 년 전 살았던 혁명가의 일생을 복기하고, 버스에 탄 아이들은 자신들의 슈퍼히어로에 대해 모르는 것이 없다. 시인이 모는 버스는 결코 먼 곳을 가지 않지만, 그의 버스 안에는 온 세상이 담겨 있었다.

쭈욱 모르는 채로 지내다가, 큰 사건을 겪거나 일상에 획기적인 변화가 올 때 비로소 알아차려지는 것들이 있다. 보통의 사람들은 그런 지혜를 얻기 위해 일부러 이런저런 사건을 만들어 변화를 모색하고 자신의 주위를 휘저어댄다. 요란하게 떠나는 여행 같은 것을 통해 말이다.

그런가 하면 시인의 단조롭고 고요한 일상은 이미 상징과 발견으로 풍성하다. 그의 작은 세계 속에는 무진無盡한 우주가 있었다. 작은 세상을 사는 시인이지만 그의 시는 저 많은 인간과 삶을 담아도 여전히 넉넉하다.

패터슨의 시인은 그렇게 나의 의문에 답해주었다.

지혜는 외부 세계에 있지 않다. 지구를 벗어나 저 닿을 수 없는 우주의 끝에 숨겨져 있는 것이 아니다. 내가 더 먼 곳으로만 시선을 던지던 시절에는 알지 못하던 것이다. 나는 세상을 배울 수 있는 방법이 거기에만 있는 줄 알았었다.

오늘 내 하루의 짧은 궤적에서도 먼 곳을 여행할 수 있음을 알아차린다. 새로운 발견이 숨겨져 있음을 믿는다. 멀리 던져 보냈던 시선을 지금, 그리고 이곳으로 가져온다.

빵 만들기를 새로 시작했다. 거창한 과정대로는 하지 못하고 제빵기 도움을 받는다. 요새 밥 지어먹는 방식과 똑같다. 나의 빵 만들기는, 그동안 성실하게 밥을 지어먹고 하나씩 다른 반찬들을 만들어 먹은 것의 연장선에 있다.

귀하게 얻은 지금 이 시간들을 직접 내 손으로 내 끼니를 준비해 먹는 것에 사용한다. 무엇인가를 배우는 행위는 늘 즐거운데, 한창 그 재미에 빠져 있다. 예전의 나에게 식사는 그저 필요한 것에 지나지 않았는데 참 신기한 일이다. 이를테면 일을 하게 해주는 연료 같은 것이었는데 말이다.

갑자기 엄청나게 많아진 시간을 가지고 무엇을 해야 할까 고민했었다. 요리가 관심이었던 적은 한 번도 없었는데, 일명 백수가 된 자가 매 끼를 사서 먹을 수는 없는 노릇이다. 그럼 그 많은 시간을 도대체 어떻게 채운단 말인가?

대단한 것은 아니지만 내가 할 수 있는 것들이 느는 것은 썩 괜찮은 기분이다. 소박하지만 만족스런 세 끼를 만든다는 것은 내가 자립하는 존재라는 하나의 증명이다. 내가 스스로 나를 책임질 수 있는 쓸모 있는 삶의 기술들을 가지고 있다는 느낌이다. 잠재해 있던 원시적 감각을 깨웠는지, 은근히 자신감을 북돋운다.

이제 내 일상을 이루는 사건과 그 과정 들에 주체로서 살고자한다. 나는 나를 먹이고 배불리고 살찌우게 하는 과정에 훨씬 적극적으로 참여하고 싶다. 회사 일에 미쳐서 살 때에는 불안감을 느끼곤 했다. 회사 업무 외의 모든 것을 돈으로 간편하게 해결해 버리는 생활에는 언제 무너질지 모를 아슬아슬함 같은 것이 있었다. 세상은 나를 능력 있는 사람이라는데(개뿔) 나는 일상에서 할 줄 아는 것이 아무것도 없었다. 사무실을 벗어나면 나는 정말 무능했다.

내 안의 요리사나 파티쉐를 발견한 것은 아니다. 나는 새로운 맛을 탐구하거나 그것을 구현하기 위한 일련의 창조 과정에 큰 열정이 없다. 내 마음가짐은 오히려 공작이나 공예에 가깝다. 설명서를 보고 자르고 다듬고 조립하면 완성이 되는 프라모델 로봇이나 나무 공예품같이, 순서를 복기하고 과정을 성실히 따라가면 하나의 완성된 음식이 된다. 안내서에 적힌 대로 맛과 질감이 느껴진다. 내게 세 끼를 만드는 행위는 이런 것이다.

이제 나에게 정말 잘하고 싶다. 수고한 나에게 좋은 선물을 해주고 싶다는 마음으로 정성을 쏟는다. 마음을 모으고 시간을 들인다. 다음 노동을 위해, 먹고살기 위해 필요했던 끼니가 아닌, 내 몸을 살찌우고 내 에너지를 채워줄 식사를 한다.

소박한 밥 짓기와 빵 만들기에서 나는 깊은 위안을 얻는다. 뭔가 다른 이유를 위해 존재하는 시간이 아니라, 오롯이 이 시간을 위해 존재할 때 마음은 충만감을 느낀다. 재료를 다루고, 불을 올리고, 모양을 완성해 가는 과정에서 내 마음은 다른 곳으로 달아나지 않는다. 이 시간을 쓸데없이 낭비하는 시간으로 취급하지 않는다. 그러면 휴가지에 온 것처럼 마음은 여유롭고 편안해진다. 가끔 콧노래를 부르기도 한다.

이것은 여태껏 '부분'만을 살아온 것에 대한 치유라고 생각한다. 나의 극히 일부분만을 사용하며 살아온 것에 대한 치유. 조각 케이크처럼 잘게 나뉘어져 모든 것을 쉽고 빠르게 해결할 수 있는 현대의 분절된 삶에 대한 치유이다.

돈이 해결해 주는 식사와 끼니는 나의 시간과 수고, 그리고 마음의 관여를 전혀 필요로 하지 않는다. 순식간에 나의 생존 필요와 감각 욕구는 채워진다. 분명 편리하고 빨라졌는데 마음이 어째 헛헛하다. 너무나 쉽고 너무나 순식간이다. 만족감 역시 순식간에 왔다가 눈 깜짝할 사이에 사라진다. 효율성의 이름으로 줄이고 줄인 그 많은 시간들은 어디로 갔을까? 얼마나 귀중한 것에 가져다 썼을까?

마음과 시간을 담으니 충만감이 돌아왔다. 내 일상에 비로소 따뜻한 불이 켜지는 느낌이다. 작은 행복부터 찾아오기 위해 일상을 복원시키기로 한다. 먼저 효율이라는 이름으로 다 마신 음료수 깡통처럼 찌그러뜨렸던 시간들을 하나하나 펼쳐놓는다. 그렇게 다시 넓게 펼친 시간들을 천천히 채운다.

본디 효율은 기계와 기계 시스템에 적용되는 개념이다. 언제부터인가 우리는 인간의 존재 방식과 삶의 방법들에 효율의 개념을 아무렇지도 않게 들이대었다. 그것이 선진화되고 미래적인 것이라 믿었다. 그 믿음은 저 멀리 잉글랜드 대륙에서 250년 전쯤에 시작되었는데, 이제는 이 집단 믿음이 우리가 태어날 때부터 DNA 속에 각인되는 것 같다. 근대와 산업 혁명의 역사에서 분업과 효율이 인류에게 풍요를 선사했다. 현대를 거치면서 우리는 이제 AI가 인류와 공존하는 세상에 대해 말한다.

인간은 노동에서 (보는 관점에 따라) 점점 해방되거나 혹은 쫓겨날 것이라고 한다. 가치와 평가를 논외로 하더라도 어쨌건 지금처럼 노동하는 인간으로서의 시대는 저물고 있다.

고도의 효율로 인간에게 시간이 되돌려진다면 당신은 무엇을 할 것인가?

'효율'이 인류의 가치 사전에서 빠지게 되는 날, 우리는 어떻게 삶을 살 것인가? 이렇게 많은 시간을 도대체 무엇을 하며 보낼 것인가?

　　오래전 내가 아주 좋아하던 영국인 친
구가 있었는데, 그 친구가 '메디테이션meditation'을 한다고 했다. 가
만히 눈을 감고 앉아서 '메디테이션'이라는 것을 하면 마음의 고요
함을 느끼는데, 눈을 감은 동안 아름답고 평화로운 자연의 여러 곳
을 가보기도 한다고 했다. 언뜻 이해되지는 않았지만 호기심이 발
동했다. 그렇게 친구에 끌려 잠시 메디테이터가 되었다가 삶의 소
용돌이 속에서 그만 놓쳐버리고 말았다.

　몸과 마음에 요란한 경고음이 울려대자 내면으로부터 다시 메
디테이션, 즉 명상을 찾으라는 목소리가 들렸다. 우리의 깊은 의식

은 스스로를 살리는 방법을 분명히 알고 있는 것 같다. 그렇게 다시 찾은 명상을 이번에는 확실한 습관으로 만들었다. 내가 좋아하고 나에게 도움이 되는 탁월한 선택임에 분명하니까.

요즘 우리는 참 힘들게 산다. 내 주위에도 우울증이나 공황장애 등 스트레스 증후군을 안고 사는 사람들이 많아졌다. 그래서인지 명상에 대해 묻는 사람도 늘었다. 방법은 아주 간단하고, 유튜브에도 이미 엄청난 양의 정보와 안내가 있다. 명상의 세계를 깊이 있게 설명하자면 한도 끝도 없고, 무엇보다도 내가 잘 모른다.

그래서 여기서는 뭐가 좋고, 내가 왜 좋아하는지를 적어보려 한다.

• 이완을 익힌다.

예전에 퍼스널 트레이너와 운동할 때 "회원님, 제발 힘 좀 빼세요"라는 말을 무지하게 많이 들었다. 그 말을 몇 번 들으니 은근히 화가 났다. 도대체 어떻게 힘을 빼라는 말인가? 그리고 왜 그래야 한단 말인가? 플랭크plank 자세를 하면서 트레이너와 옥신각신했던 기억이 난다. 그 당시 내 머리로는 어깨 힘을 빼고 이 자세를 할 수 있다는 것이 도무지 이해되지 않았다. 마음은 물론 내 몸에도 긴장이 많았다.

자신이 가진 모든 것을 있는 힘껏 짜내어서 살아야 한다고 믿는 우리에게 힘 빼기란 세상에서 가장 힘든 일이 되었다. 몸과 마음의 힘을 빼고 긴장을 푸는 행위로서의 이완의 장점도 있지만, 내려놓고 풀어주는 이완의 성질은 우리가 더 유연해지고 수용적인 태도를 갖도록 돕는 것 같다. 우리는 근육의 메커니즘과 같이 긴장하고 수축해서 에너지를 만들기도 하지만, 있는 것을 내려놓음으로써 자연스럽게 새로운 것이 들어갈 자리를 만들기도 한다.

• 마음의 짐을 내려놓는 연습이다.

스트레스는 생각의 짐에 깔려버린 상태이다. 현실의 물리적 세계에서는 측정되지도 않는 그 무게에 눌려 우리의 몸과 마음 이곳저곳에 불편과 고통이 발생한다.

명상은 생각 밖에서 머무르는 것이다. 생각을 없애버리는 것이 아니라, 내가 생각이라는 것과 떨어져보는 연습이다.《별주부전》에 등장하는 토끼는 육지에 간을 떼어놓고 왔다고 말하던데, 수행과 연습을 통해 인간은 마음이란 것을 잠시 떼어놓을 수 있다.

점점 더 멀리 떨어지게 되고 확실하게 분리할 수 있게 되면 자기와 자신을 구속하는 생각이나 감정을 동일시하지 않게 된다. 지금 나를 괴로움에 처하게 만든 그 생각이 내가 아니고, 너무 화가 나지만 그 화라는 것은 조건이 맞으면 자동으로 올라오는 감정 중 하나이며, 따라서 내가 아니라는 것을 알아차리는 것. 그래서 내가 괴롭고, 내가 화가 나는 것이 아니라, 생각이 떠오르고 화가 조건 맞춰 내 앞을 지나고 있음을 알아차리는 것. 이렇게 차례로 한 겹씩 젖히고 들어가서 '나라는 것은 사실 실체가 없는 거구나' 하고 알아차린다면 당신은, 우와 축하한다, 드디어 '무아無我'에 당도했다.(그런 것이라고 나는 들었다.)

• 당신의 현재를 최대치로 산다.

친구 하나가 오래 꿈꾸던 유럽(스페인-포르투갈) 여행을 간다고 했다. 모든 것을 완벽하게 계획해야 직성이 풀리는 그녀는 기억에 남는 정말 좋은 시간을 보내고 싶다며 다른 이들에게 응원과 조언을 구했다. 그녀는 분명 스페인에 있을 때에는 포르투갈 여행 계획을 하느라 노심초사할 것이고, 포르투갈에 도착해서는 서울 돌아가 일할 생각에 젖을 것이다. 내일 여정을 완벽하게 만들기 위해 오늘의 여행을 대부분 써버릴 것이다. 우리 눈에는 이 계획성애주의자가 여행 내내 미래를 살면서 실제로 자신의 눈앞에 펼쳐진 현재의 순간들을 그냥 흘려보낼 것임이 훤히 보였다. 그렇다. 자기 빈 곳은 잘 안 보여도 남의 것은 신기하게도 잘 보인다.

과거도 아니고 미래도 아닌 지금 여기에 머무는 것이 명상이다. '원래 이런 것이다' '분명 이럴 것이다' 같은 생각들에 삶을 맡겨버리는 대신, 직접 그리고 실제로 삶을 사는 것이다. 몸이 있는 바로 그곳에 마음을 두는 것이다. 오쇼Osho Rajneesh의 지혜로운 표현을 빌자면, 그래서 생각의 반대는 바로 여기here and now이다. 텅 빔이나 멍청히 있음이 아니다.

• 지나치게 노력하거나 애쓰지 않음을 배운다.

생각과 달리 명상은 애쓰지 않아야 제대로 할 수 있다. 초연할수록 무심할수록 더 좋은 상태에 이른다.

우리는 살면서 이런 것을 배워본 적이 없다. 열심병, 생각병을 가진 사람에게 명상을 추천한다. 물론 명상은 그런 사람들에게 가장 어렵다.

• 주시자注視者에게는 때때로 선물도 주어진다.

깨어 있는 동안 우리가 일상을 사는 방법, 즉 나라는 것을 운용하는 방식은 모두 의식을 통해서이다. 우리는 생각하고 감정을 느끼고 인지하고 판단하는 등의 의식의 마음 과정을 무한히 반복한다.

명상은 이런 마음 과정을 지켜보는 것이다. 혹은 그 지켜보는 자를 지켜보는 것이 명상이라고도 한다. 학습 이론이나 인지심리학에서 많이 인용하는 메타 인지meta cognition(자신의 인지 과정을 한 차원 높은 시각에서 관찰, 발견, 통제하는 정신 작용)와도 연결되는 부분이다.

명상을 위해 고요히 앉으면, 그저 주시하고 알아차리는 것만으로 요란하게 돌던 마음 엔진이 잠잠해진다. 우리 안의 다른 정신적 능력이 떠오르는 때는 바로 이렇게 내면이 고요한 시간이다. 영감이나 통찰, 직관과 같은 것이 이때 비밀스럽게 모습을 나타낸다.

이 책을 쓰는 동안 나에게도 그런 선물 같은 순간들이 있었다. 내 글의 어떤 부분이 스윽 하고 떠오르고는, 그것이 사실과 다르거나 내가 하고 싶은 진짜 이야기가 아니라는 것을 알려주었다. 아니, 저절로 알아졌다. 그것들은 내가 마음속으로 썩 만족하지 않았지만, 그럼에도 대대적으로 수정할 것이 엄두가 안 나서 애써 외면하고 있던 부분들이었다. 결국 그것을 인정하고 받아들이자, 나는 더 깊은 단계로 들어가 진짜 이야기들을 찾을 수 있게 되었다.

물이 잔잔해지면 수면 위로 떠오른 것들을 알아차리고 제대로 분간할 수 있는 것처럼, 잔잔한 마음을 통해 우리는 많은 것을 거르고 또 건져 올릴 수 있다.

명상의 매력을 내가 아는 만큼 적어보았다.

여러 매력에도 불구하고 내가 명상에 끌리는 가장 큰 이유는 이것이 탐험이기 때문이다. 명상은 언제나 새로운 것을 발견하게 되는 흥미진진한 여행 같다. 눈을 감고 감각하는 세계는 또 다른 세상이다. 내가 알게 되는 것은 눈뜬 일상에서의 지식과 완전히 다른 것들이다. 내가 모르는 것이 이렇게 많다는 사실과 새로 알게 될 것이 또 이만큼이나 많다는 사실에 그저 신이 난다.

그러니 새로운 경험을 찾는 인생의 탐험가들이라면 부디 도전해 보시길.

친구가 결혼식 장소로 제주를 택하는
바람에, 그녀의 외국인 남편은 자신의 친구들을 먼 제주의 섬으로
초대해야 했다. 결혼식을 위해 멀리 날아온 남편의 친구들이 그녀
에게 물었단다. 무엇 때문에 사람들이 제주를 좋아하느냐고.

특별한 이유를 생각해 본 적이 없는 친구는 얼른 생각이 나지
않아 '웰 웰Well Well' 거리다가 한참 만에 야자나무 이미지가 떠올랐
단다. "Palm trees?"라고 대답했는데, 야자수가 지천인 진짜 더운
나라에서 온 게스트들이 너무 크게 웃는 바람에 창피했다고 했다.

나는 제주에서 보는 하늘이 좋다. 하늘이 아끼지 않고 자신을 보여주어서 좋다. 넉넉한 하늘을 안은 채로 어느 날은 바다를 향하고, 다른 날에는 한라산과 오름 사이를 걷는다. 그렇게 탁 트인 곳에서 바람을 맞고 걸으면 다른 것을 바라지 않게 된다.

서울의 역삼동에서 잠깐 산 적이 있다. 빌라들이 좁은 골목 양쪽으로 길게 늘어서 있다. 늦게까지 일하고 집으로 들어가는 길, 가끔 고개를 들어 밤하늘을 보았다. 허락된 하늘은 작고 야박했다. 손바닥을 대어보면 가려지는 딱 그 너비만큼의 하늘이 골목의 벽을 따라 세로로 걸쳐 있다. 유난히 힘든 날에는 갑갑한 가슴으로 한숨이 새어나왔다. 젠장, 하늘도 한번 시원하게 못 보나?

자연이 이렇게 넉넉하게 우리를 품는 곳에 오면, 신이 인간만 덩그러니 만들지 않아서 참 감사하다고 생각한다. 이 행성에 인간만 있지 않아서 참으로 다행이다. 이곳에 나무도 자라지 않고, 산도 바다도 검은 돌도 없고, 구름도 푸른 하늘도 애초에 존재하지 않았다면 어땠을까? 강아지도, 나비도, 갈색 소와 말도, 물고기도 짹짹 우는 새도 사라진 세상에 우리만 남겨진다면, 내 옆에 살아 움직이는 것이 인간밖에 없다면 얼마나 끔찍할까? 그런 무서운 상상도 가끔 해본다.

그래서 제주에 자주 온다. 날씨가 좋을 때에는 서귀포에서 지냈다. 그때는 매일 아침 한라산을 넘어 요가를 다녔다. 차에 오르기 한참 전부터 나는 기뻤다. 오늘의 한라산은 어떤 모습일까 매번 기다려졌다.

고도가 높아질수록 초록이 두텁다. 초록은 살랑거리는 바람에 더 예뻐진다. 그날 하늘과 구름의 조건에 따라 보이는 것과 보이지 않는 것들이 늘 다르다. 클라이맥스는 사계절이 모두 아름다운 숲 터널을 통과할 때이다. 겨울에는 눈꽃으로, 봄에는 벚꽃, 가을에는 낙엽으로, 그리고 여름에는 초록의 생명 에너지로 아름다움의 최고를 보여주는 곳이다. 빽빽한 왕벚나무 숲에서 해와 바람이 밀당을 하는 통에 작은 잎사귀들은 마구 흐트러진다. 연한 연둣빛의 잎들이 간지러운 듯 까르르 한바탕 웃는다. 자세히 보면 어느새 짙은 초록으로 바뀌어 있다.

한라산을 주행하다 보면 주인공이 여럿 등장하고 바뀐다. 국립공원 구역에 들어서면 커브 길이 이어진다. 맑은 날에는 고개 내밀어 멀리 한라산의 상반신을 훔쳐보는 재미로 오른다. 시야가 흐린 날은 또 그것대로 운치가 있다. 분무기로 뿌린 고운 비 같은 안개가 온 산에 퍼지면 속도를 줄이고 산책하는 기분으로 오른다.

성판악이 가까워지면 벌써 생기가 느껴진다. 백록담에 오르려는 부지런한 등산객들로 북적인다. 진짜 노 재미 코스인데, 사람들 얼굴은 하나같이 밝다. 내리막에 접어들어 목장이 눈에 들어올 때면 귀가 먹먹해진다. 해발 750미터를 올라서 내려가는 중이다. 한라산을 넘어가는 길은 꼭 비행기로 떠나는 여행길 같다. 창문을 통해 바깥 구경에 흠뻑 취했다가 이렇게 귀로 전해지는 신호로 이착륙을 감지한다.

제주시에서 하루를 보내고 다시 서귀포로 넘어갈 때는 해가 진 이후다. 어두운 밤, 산속에 들어서면 모든 감각이 또렷해진다.

칠흑 같은 어둠은 아침에 보았던 모든 것을 가려버린다. 밤의 어둠은 서늘하다. 거대하고 짙고 아주 두터운 덩어리로 여기에 있다. 가리고 흡수하는 이 엄청난 에너지는 이곳을 채우던 작은 소리들마저도 모두 삼켜버린다. 나 역시 이 덩어리 속으로 무겁게 잠긴다. 어둠의 마술로 사라지는 중이다. 오늘밤 어둠이라는 마술의 유일한 오류는 지금 내 작은 차가 비추는 빛이다. 손바닥만 하게 아주 작은 구멍이 뚫렸다. 나머지 세상은 지금 모두 밤의 완전한 지배하에 있다.

밤의 세계를 지나는 동안 나는 혼자이다. 세상에 검은 한라산과 나만 있다. 귀는 다시 먹먹하고 나는 고독하다고 느낀다. 나는 계속 사라지는 중이다. 문득 나는 죽음의 여행을 하고 있다고 생각한다. 한라산을 넘으며 나는 오늘 한 번 죽는다. 오늘 하루를 산 나를 거기에 버린다. 밤은 나를 기꺼이 거두어갈 것이다. 그리고 내일 나는 태어나게 될 것이다. 채워지지 않은 빈 존재로 깨어나 다시 이곳을 찾을 것이다.

그런 생각이 들 때쯤 정신을 차리면, 저 멀리 보석 같은 불들이 떠 있다. 서귀포시다. 인간이 그립지 않았는데, 그 불빛을 보니 사실은 내가 그리워했음을 안다. 가슴에 퍼지는 온기를 느끼며 다시 내가 속한 인간의 마을로 돌아간다. 나는 혼자 있지만 또한 세상 속에 있다. 더 바랄 것이 없다.

자연의 곁, 낮고 단순한 경계, 열린 하늘이 있는 곳에서 우리는 모든 것에 순응한다.

이곳에서 우리는 작은 것들에게 인사하고 오랜만에 소리 내어 웃는다.

저절로 글을 쓰고 노래를 흥얼거린다. 착하고 순한 마음이 삐죽 나온다.

내 입에 맛있고 눈에 예쁜 것들이 늘어난다.

아침에는 창문 사이 구름을 보며 오래오래 양치질을 하고 싶다.

그런 곳에서는 모든 것이 그저 반갑다. 삶도 죽음도, 나도 나 아 닌 것도.

긴 작업을 마침내 끝냈다.

먼저 나 자신에게 축하를 보낸다. 오래전에 소망이라는 이름으로 심어진 마음 씨앗 한 알을, 나는 지금 진짜 현실로 만들어내었다. 도전을 완수하는 시간이 드디어 내 앞에 왔다. 해보고 싶다는 마음이 하겠다는 의지로 변하고, 마침내 내가 매일 하는 일상이 되는 이 과정에서 나는 도전이라는 것의 사이클을 제대로 한 번 경험했다.

용기 내어 나를 표현해 보고 싶은 욕구를 따라간 것은 기쁘고 만족스러운 일이다. 중도에 포기하지 않아 스스로 뿌듯하다. 용기를 한 번 일으킨 경험은 또 다른 용기를 만들 동력이 될 것이라고 썼는데, 이 책이 세상에 나옴으로써 그 말은 더 확고한 진실이 되었다.

프롤로그에 쓴 것처럼 필요한 다른 이들에게 나누어주고 싶어 이 글을 시작했지만, 이 글의 첫 번째 독자는 나 자신이다.

지난 순간들을 돌아보고 다시 살고 복기하면서 무엇보다도 나 자신과 많은 대화를 나누었다. 일기에도 꺼내지 못했던 깊은 고백들이 여기에 담기게 되었는데, 가상의 관객이 생기자 오히려 극적인 방백이 만들어진 것 같다.

거짓말처럼 들리겠지만, 태어나서 내가 가장 크게 울었던 때는 내가 나를 한 번도 사랑한 적이 없다는 사실을 깨달았을 때이다. 내면의 둑 같은 것이 무너지는가 싶더니 갑자기 커다란 덩어리 같은 울음이 올라왔다. 그날은 껙껙 소리를 내어 눈물과 콧물 범벅이 되도록 아주 오래 울었다.

나 자신과 해결할 것이 많던 나에게는 위기와 대전환의 시간 모두가 큰 선물이었다. 이제는 다른 이들에게 이렇게 전 과정의 나를 드러낼 수 있을 정도로 편안해졌다.

책이라는 포맷으로 글을 써보는 것이 처음이라 많이 헤매긴 했어도 아주 즐겁고 흥미진진한 도전이었다.

비록 우리 눈에 보이지 않는 것들이지만, 얻거나 깨쳐서 소중히 가지고 있던 것들을 내 능력 범위 안에서 최대한 펼쳐보이고자 했다. 부디 필요한 이들에게 쓰임이 되기를 바란다.

✦ ✦ ✦

금목걸이

첫째, 자기를 믿고 사랑하겠다고
굳은 결심을 해야 해.

둘째, 지금까지의 자신을 믿지 않고 미워한 것에 대해
깊은 회개를 해야 해.

셋째, 이 세상에서 가장 사랑스러운 사람을 대하듯
자신을 대해주는 거야.

결국 너의 녹슨 목걸이가

금목걸이가 될 거야

—잘랄루딘 루미

삶을 껐다 켜는 데 나에게 유용했던
46가지 질문들

질문을 던진다.

나는 왜 이렇게 힘이 들고 행복하다는 느낌을 받지 못하는가?
세상에서 말하는 삶의 방식과 모습대로 살았는데, 그리고 사회적
성공도 거두었는데 왜 가슴은 여전히 공허한가? 무엇이 잘못되었
을까? 내가 잘못 알고 있는 것과 놓친 것은 무엇일까?

나는 알아내야 했다. 스스로 물어야 했다. 계속 이런 기분을 안
은 채로, 이런 상태로 살 수는 없었다. 이렇게 쭉 그냥 살다가 너무
늦어버린 때가 오면 나는 몹시 억울할 것이다.

내가 좋아하고, 나를 위하고, 나에게 진짜로 도움이 되는 삶을

선택해야 한다고 생각했다. 진짜로 '열심히' 해야 하는 일은, 내 삶을, 이번의 생을 내가 행복하고 나 스스로 만족스러운 것으로 만드는 일이어야 한다. 그것이 나의(사실은 우리 모두의) 빅 프로젝트다.

아래의 질문들은 바로 그런 이유로 나 스스로에게 던진, '삶을 껐다 켜는 데 나에게 유용했던 46가지 질문들'이다. 당신에게도 유용했으면 좋겠다. 혹은 이것을 참조삼아 당신만의 질문 리스트를 만들어보는 것도 좋겠다.

나는 이렇게 (세상 사람들이 말하는 그대로) 살아야 하는가?

1 무엇이 잘 사는 삶인가? 무엇이 '나에게' 행복감을 주는가?

2 세상의 기준은 나의 행복이나 만족의 기준과 일치하는가? 일치하지 않는다면 나는 무엇을 선택할 것인가?

3 세상 사람들이 보편적으로 '그래야 한다'고 말한 것들을 나는 모두 따르면서 살 것인가? 왜 그래야 하는가? 만약 한두 가지를 따르지 않아도 되고, 이미 그런 상태라면 왜 서너 가지 혹은 더 많은 것을 벗어버릴 수는 없는가?

4 나는 왜 지금 이 일을 하고 있는가? 내가 일을 통해 얻고자 하는 것은 무엇인가? 지금 그것을 얻고 있는가?

⑤ 나는 일에 왜 이렇게 많은 시간을 투자하는가? 내가 원하는 것인가? 강요받은 것인가? 앞으로도 계속 이럴 것인가?

⑥ 나는 언제 이 일을 멈출 것인가? 왜 그때여야 하는가?

⑦ 나는 성공하고 싶은가? 계속 높아지고 싶은가? 내가 진정 그것을 원하는가? 그것은 내게 깊은 만족을 주는가?

⑧ 나는 혹시 직장인이 되지 않고, 수입이 적고, 위치가 높지 않은 그 무엇을 하거나 그 무엇이 되면 안 되는가?

⑨ 나는 더 잘하는 사람이 되어야 하는가? 언제나 어느 곳에서나 더 잘하는 사람일 수는 없는데, 언제까지 이 경쟁 게임을 계속할 것인가?

⑩ 나는 왜 나에게 만족하지 못하는가?

⑪ 나는 왜 자꾸 더 완벽해지려고 하는가?

⑫ 변화와 전환을 꿈꿔보지만 금방 무서움에 질려버린다. 나는 무엇이 가장 두려운가?

⑬ (12번에 이어서) 실패의 두려움인가? 돈인가? 나를 보는 시선인가? 사회적 위치인가?

⑭ (13번에 이어서) 돈? 나는 한 달 혹은 1년에 얼마가 필요한 사람인가? 나의 모험에 투자할 얼마의 여력이 있는가?(현실적인 그리고 심리적인)

나의 가능성은 무엇인가?

⑮ 나는 나에 대해 얼마만큼 아는가?

⑯ 얼마나 시간을 들여 살펴보았는가? 마지막으로 나 자신을 관찰하거나, 내면의 나와 시간을 가진 적이 언제인가?

⑰ 혹시 진실과 마주치게 될까봐 무서워서 진짜로 던지고 싶은 질문을 못한 적이 있는가? 그 질문은 무엇인가?

⑱ 나는 무엇을 좋아하는가?

⑲ 나는 어떤 때 활짝 열리는가? 가장 편안한가? 가장 신나는가?

⑳ '언젠가는' 꼭 도전해 보고 싶은 내 안의 소망은 무엇인가?

㉑ (20번에 이어서) 그것에 도전할 것인가? 그렇다면 구체적인 시기는 언제인가? 지금 당장 하지 않는 구체적인 이유는 무엇인가? 그것이 '지금'이어서는 안 되는 이유는 무엇인가?

㉒ 나는 어떤 재능이 있는가? 내가 생각하는 것은? 남이 얘기해 준 재능은 무엇인가?

㉓ 내가 가진 장점은 무엇인가?

㉔ 내가 가진 작고 사소한 기술은 무엇인가?

㉕ 내가 배우고 익히고 싶은 작고 사소한 기술들은 무엇인가?

㉖ 나는 지금 하는 일을 그대로 하면서 살 것인가? 그렇게 하고

싶은가?

㉗ 나는 지금 사는 이 방식으로 계속 살 것인가? 언제까지 이렇게 살고 싶은가?

(지금 나는) 나를 위해 살고 있는가?

㉘ 내가 사는 방식과 내가 내리는 크고 작은 선택들은 나를 위하거나 나를 기쁘게 하고 있는가?

㉙ 나에게 무엇이 가장 중요한가? 그것을 위해서라면 다른 것을 양보해도 좋을 그 우선순위의 것은 무엇인가?

㉚ 내가 원하는 그것을 얻기 위해 내가 기꺼이 포기할 수 있는 것은 무엇인가?

㉛ 당장 실천할 수 있는, 나를 행복하게 만드는 일상의 장치는 무엇인가?

㉜ 내 삶의 잉여를 나는 어떻게 사용할 것인가?

㉝ 나는 행복한가? 내 삶에 만족하는가?

㉞ 나의 행복이나 만족을 위해 나는 어떤 구체적이고 의식적인 노력을 기울이고 있는가?

㉟ 그 노력이 다른 사람이 아닌 진짜 '나'를 만족시키는 것이 맞

는가?

㊱ 나는 인생의 반쯤을 살았다. 남은 반은 어떻게 살고 싶은가? 같은가, 혹은 다른가?

㊲ 나는 어떤 죽음의 모습을 맞고 싶은가? 어떤 죽음의 순간을 가장 피하고 싶은가?

㊳ 내가 마지막 순간에 가장 후회할 것은 무엇일까?(그 마지막이 아주 가깝다고 상상한다면)

㊴ 나는 그것을 되돌리거나 만회하고 싶은가? 그렇다면 언제, 어떻게 할 것인가?

㊵ 나는 한 번의 인생을 산다. 인생이라는 드라마에서 나는 어떤 배역이고 싶은가? 어떤 캐릭터를 구축하고, 어떤 사건을 일으키며 살 것인가?

㊶ 나는 내 삶을 얼마나 느끼고 인식하면서 사는가? 나는 흘려보내고 있는가, 즐기고 있는가?

㊷ 미래를 위해 오늘을 살고 있다면, 언제 오늘을 살 것인가? 그것은 죽음 전에 올 것인가?

㊸ 나의 마음과 몸은 조화로운가?

㊹ 나는 내 마음을 아는가? 알고 싶지 않은가?

㊺ 나는 내 몸을 아는가? 알고 싶지 않은가?

㊻ 나는 나 자신과 내 삶의 주체인가? 감정과 마음과 몸의 변화를 알아차리고, 휘둘리지 않으면서 그것들을 주체적으로 관리하고 운영할 수 있는가?

샨티 회원제도 안내

샨티는 사람과 사람, 사람과 자연, 사람과 신과의 관계 회복에 보탬이 되는 책을 내고자 합니다. 만드는 사람과 읽는 사람이 직접 만나고 소통하고 나누기 위해 회원제도를 두었습니다. 책의 내용이 글자에서 머무는 것이 아니라 우리의 삶으로 젖어들 수 있도록 함께 고민하고 실험하고자 합니다. 여러분들이 나누어주시는 선한 에너지를 바탕으로 몸과 마음과 영혼에 밥이 되는 책을 만들고, 즐거움과 행복, 치유와 성장을 돕는 자리를 만들어 더 많은 사람들과 고루 나누겠습니다.

샨티의 회원이 되시면

샨티 회원에는 잎새·줄기·뿌리(개인/기업)회원이 있습니다. 잎새회원은 회비 10만 원으로 샨티의 책 10권을, 줄기회원은 회비 30만 원으로 33권을, 뿌리회원은 개인 100만 원, 기업/단체는 200만 원으로 100권을 받으실 수 있습니다. 그 외에도,

- 신간 안내 및 각종 행사와 유익한 정보를 담은 〈샨티 소식〉을 보내드립니다.
- 샨티가 주최하거나 후원·협찬하는 행사에 초대하고 할인 혜택도 드립니다.
- 뿌리회원의 경우, 샨티의 모든 책에 개인 이름 또는 회사 로고가 들어갑니다.
- 모든 회원은 샨티의 친구 회사에서 프로그램 및 물건을 이용 또는 구입하실 때 할인 혜택을 받을 수 있습니다.
- 샨티의 책들 및 회원제도, 친구 회사에 대한 자세한 사항은 샨티 블로그 http://blog.naver.com/shantibooks를 참조하십시오.

샨티의 뿌리회원이 되어
'몸과 마음과 영혼의 평화를 위한 책'을 만들고 나누는 데
함께해 주신 분들께 깊이 감사드립니다.

뿌리회원(개인)

이슬, 이원태, 최은숙, 노을이, 김인식, 은비, 여랑, 윤석희, 하성주, 김명중, 산나무, 일부, 박은미, 정진용, 최미희, 최종규, 박태웅, 송숙희, 황안나, 최경실, 유재원, 홍윤경, 서화범, 이주영, 오수익, 문경보, 최종진, 여희숙, 조성환, 김영란, 풀꽃, 백수영, 황지숙, 박재신, 염진섭, 이현주, 이재길, 이춘복, 장완, 한명숙, 이세훈, 이종기, 현재연, 문소영, 유귀자, 윤홍용, 김종휘, 이성모, 보리, 문수경, 전장호, 이진, 최애영, 김진회, 백예인, 이강선, 박진규, 이욱현, 최훈동, 이상운, 이산옥, 김진선, 심재한, 안필현, 육성철, 신용우, 곽지희, 전수영, 기숙희, 김명철, 장미경, 정정희, 변승식, 주중식, 이삼기, 홍성관, 이동현, 김혜영, 김진이, 추경희, 해다운, 서곤, 강서진, 이조완, 조영희, 이다겸, 이미경, 김우, 조금자, 김승한, 주승동, 김옥남, 다사, 이영희, 이기주, 오선희, 김아름, 명혜진, 장애리

뿌리회원(단체/기업)

회원이 아니더라도 이메일(shantibooks@naver.com)로 이름과 전화번호, 주소를 보내주시면 독자회원으로 등록되어 신간과 각종 행사 안내를 이메일로 받아보실 수 있습니다.

전화 : 02-3143-6360 팩스 : 02-6455-6367
이메일 : shantibooks@naver.com